悲愛

HIAI

あの日のあなたへ
手紙をつづる

金菱清 編
東北学院大学震災の記録プロジェクト

新曜社

よしくんへ

~~よしくんが生まれた日、石巻では~~

よしくんを身ごもった時、ガッカ（母《わたし》のこと）は心も体も
とても良い状態とは言えなかったんだよ。バッパ（私の母）
からは、大阪から宮城に帰ってきてくれ、と毎日泣きながら
電話をよこされていたし。そんな大変な状況の中で、
よしくんは必死でガッカのおなかにしがみついて、生まれ
て来てくれた。心臓や背骨に奇形が見られるかも
しれないからと、石巻の日赤の小児科の先生がいる日中に
帝王切開で出産しました。バッパは生まれたよしくんの
手足を1本ずつ数えて、「どこにも異常なしだった！」と
喜んでいたっけ。
色々あって大阪から宮城に戻ってくることになると
ジッチとバッパはよしくんのことをものすごく大切に
愛してくれたよね。おもちゃも洋服も、紙おむつも
おやつも、不自由のないくらい買ってくれた。
ガッカは介護の仕事で夜勤も多かったから、よしくんの
世話はほとんどあの2人に任せて。疲れて帰って

我が愛するふる里津島へ

震災、原発事故から5年9ヶ月が過ぎ 今ろくぞうな
思いで自分をうたがい 又反面これで良いのだと なぐ
さめながら1日1日が過ぎて行くだけで。
ふる里津島は地震では大きな被害はなかった
その後3月12日 東京電力福島第1原発事故により 浪江町民は津島に避難、役場村
能も全面的に集まる、公共の建物にはいっぱい
私達個人の家にも親せき知人が30～40名が入り
3月15日まで寝起きを共にした、何も知らずに浪江
全町民は3日間一番放射線量の高い所にいた
ようやく二本松市東和町へ町本体は移動したが
私は福島市渡利小学校で、そして娘のアパートに
残した牛犬ねこ、池のこい、達の為に毎日通った
しかしガソリンも無く大変な苦労をしたが牛の
為毎日が1日置になり、畜産組合JA、町、県
家畜保険所等に来てもらい、組合員を集め
どうか牛の移動をお願いし一頭一頭のホール
ボデ検査して5月20日までに22頭の牛を私も
移動が終り ほっとして立止ると自分の
心に大きな穴があいた気がした。
いったい今どうすれば良いのか分からなくなった
その後放射能量に応じて、年間被曝線量

50mSv超を帰還困難区域と50mSv～20mSvは居住
制限区域と、20mSv以下を避難指示解除準備
区域の3つに再編され私達津島は帰還困難
とされ、津島地区の説明会に国の環境省の
説明では100年は帰れないと説明された。
とんでもない怒りをおぼえ、これまでの先祖
が作り上げた、残して来た歴史が無くなると
思った。その昔津島は標葉領から相馬領
となった。その後相馬の殿様が三春領に嫁
入りした時、氷田川を境に南側を化粧料として
半分は三春領となる。明治22年小村が合併し
標葉郡津島村が出来た。
戦後は農地改革とともに満州などの外地から
引き揚げ者が入植し一時600戸位になった。
その後昭和31年浪江町と4村で合併し
浪江町となり津島は大字南津島 上津島 下津島
赤宇木 大昼 手七郎 羽附の8つの行政区
になる。事故当時は430世帯1400人が
いた。又津島五山と言って日山、中ノ森山
熊ノ森山、天王山、高太石山として きれいな
水が流れ 津島赤松が全国的に有名
である。又400年前より伝いられている
古く津島の田植踊(民俗芸能)1972年12月
福島県重要無形民俗文化財に指定、又

ぶり太へ

ぶーちゃんと初めて会った時のこと、
今でもはっきり覚えてます。
生まれて2ケ月。まだ小さくて片手に収まった。
大きくなってもあまり体が丈夫じゃなかった
ぶーちゃん。

私が帰って来るとピィピィ鳴いて
喜びを表現してくれました。
お外ではワンワン吠える子だったけど、
お家の中では猫みたいにおとなしかったね。

生きてたら11歳。
まだまだいろんな所に連れて行って
あげたかった。
あんな大きな地震と津波……。
怖かったよね。
助けてあげられなくてごめんね。

悲愛　あの日のあなたへ手紙をつづる　目次

装幀　大橋一毅（DK）　図版制作　髙橋健太郎

はしがき

金菱　清

なぜこんなにも　魂をゆさぶられるのだろう

いつも想っていてくれて　ありがとう
あの日あなたに　さよならも言わず　立ち去ってしまったにもかかわらず
あなたはひとりで　人知れず　どれほど涙を流してくれたのだろうか

もう涙も出ないほど　愛情を　あなたは注いでくれるのに
枯らせてしまった大地や故郷を　頬をつたう雨でほとりと濡らすことしかできない
また時には笑顔で　あなたを燦燦と照らしている
あるいは　夢の中の邂逅は無言だけれど　どれほどそのことが
よすがとなり　救いとなったことだろう

存在は見えないかもしれないけど
すぐにそばにいることは　理屈を超えて　確かな実感として
あなたにすべて　伝わっていると思う

あの日、夜空を見上げた時の満天の星たちの名前を私たちは知らないが、いつも私たちを温かく見守っていることはわかっている。けれども愛すべき人はいつも語らぬまま、あの日以来頑なに「沈黙」を守っている。どれだけの人が助けを乞うために神様に祈ったことだろう。どれだけの人が愛すべき人を海辺に帰し、手を放してしまったことを懺悔し、心から悔いているのだろう。

そのことを誰に問うても、答えは返ってこなかった。そう、ついぞ返ってはこなかった。黙してただあなたの存在を待つのみである。

あの日、さよならも言わずに去ってしまったかけがえのないものたちへの、痛切な想いを手紙につづる試みを、私たちは始めた。

3・11震災で亡くなった人、失われてしまった故郷や大切なものに、初めて手紙をしたためることになった。手紙は誰しも私的で、第三者が読むことができるものではなく、むろん公開することはない。けれども今回三十余人がこの企図に賛同し、愛するものたちへ生きた言葉をつづり贈った。

いまなぜ「手紙」なのだろう。メールでたやすく言葉を交わせる現代社会において、古臭いと思われるかもしれないが、手紙を集めてみることによって独自の世界観があることがわかってきた。私は何百人の方のお話に耳を傾け、震災に向き合ってきたつもりであったが、手紙を通して感じることは、それはやはり「つもり」に過ぎなかったのである。そもそも手紙は、宛先に居場所を求めて手元に残らない。それだけに言霊を乗せ、その想いのすべてを宛先に力強く送り出すことがある。

ある小説のなかに、こういうくだりがある。

手紙。あるいは言葉。書くということ。―物語を書いているとき、頭の中と手の先とが乖離して、ほとんど無意識で綴った言葉が、物語を牽引していったり、行き詰っていた物語に道を示してくれる、ということがときどき起きた。自分の意思では手が届かない心の奥底からふいに姿をあらわす、言葉にはそんな力があるのかもしれない。

（「綴られる愛人」）

個別的でごく私的な感情は、インタビューや記録では災害には関係のないものとして省かれる。しかしこの省かれた言葉の端々を繋ぎ合わせて、最も愛していたものに贈る言葉は、災害によって断ち切られたつながりを強く想わしめる所業なのではないだろうか。当事者たちが手紙に託した言葉を介して、震災の実相ははじめて日常生活に溶け込んだリアルさを伴ってたちあがる。私たちはそれを、ただその言葉を透かしてのみ、感じることができる。

しからば、学問の世界では悲嘆や悲哀《ひあい》という言葉が使われるが、これらはいずれも災害について第三者が無関与の知として、あるいは寄り添いの技法として当事者を高くから眼差す目線なのではないか。だが、手紙を通して愛すべきものに本当に伝えたいことは、〝悲愛《ひあい》〟ではないかと気づかされる。もちろんこれは造語で、そのような言葉は辞書には存在しない。ただ、言葉が存在しないこととその事象（ことがら）が存在しないこととは異なる。その

事象を表現する言葉が追いついていないだけであろう。批評家の若松英輔も著書のなかで、

君のなかに生まれた愛は、悲しみに支えられているから「悲愛」と呼ぼう。

（『魂にふれる』）

と提示する。六年たっても狂おしいほどまでに会いたい感情を、悲しみを湛えた沈黙に閉じ込めておくことは、災害の現実を異なった方向にいざなってしまわないだろうか。

悲愛という言葉には、亡き人や失くしたものに対する溢れんばかりの想いが込められている。埋葬された人、いまだ帰ってこない人、戻れない故郷、大切なものたちが言葉によって命を吹き込まれ、私たちの眼前に生き生きとした姿を現してくれる。悲愛はそのような力を持っているのではないだろうか。

若松英輔『魂にふれる―大震災と、生きている死者』トランスビュー
井上荒野『綴られる愛人』集英社

愛梨お姉ちゃんへ

お姉ちゃんは元気ですか？　珠莉はすごく元気だよ。友だちとはなかよく遊んでいる？　珠莉は、友だちとなかよく楽しく元気いっぱいに遊んでいるよ。珠莉は、お姉ちゃんがいなくなって、すごくかなしかったよ。またお姉ちゃんと会いたいなあ。だけど心の中では、ずっと一緒だよ。

もしお姉ちゃんがいたら、ママのおつかいができるし、おべんきょうも教えてもらえたと、ときどき思ったりするよ。お姉ちゃんがいてくれるだけで、珠莉の世界が変わっていたよ。どんなにどんなにお姉ちゃんがいたらいいかといつも思うよ。

ほかのお友だちは、きょうだいがいて、いっしょにお出かけをしていたり、おつかいをしている所を見るといいなあ、と思ったりするよ。きょうだいがいると遊んだりけんかをしたり、ないたり、おこったり、わらったりできて、いいなあと思うな。

だけどお姉ちゃんと一緒にいた時は、すごくなかがよかったね。一緒にごはんを食べて、一緒に遊んで、一緒にわらったりしたね。ごはんは、ママが手作りしてくれたハンバーグがおいしかったね。これからもずっとずっと一緒にいてね。お姉ちゃんのこと、ずっとずっと大大大好きだよ。

♡大好きだよ

珠莉より

最愛の娘 愛梨へ

愛梨　元気ですか？　パパもママも珠莉もなんとか元気でいます。
いつもいつも愛梨の事を想っています……。
愛梨は今頃何をしているのかな～……？　どんな事が出来る様になったかな～……？
色々な事を考えます……。
考えても考えても悲しい事になかなか想像が出来ません。
そんな時は必ず「愛梨が生きてさえいてくれたらな～……」と思います。
愛梨が居たらどんなに色々な事をしてあげる事が出来たか……どんなに楽し

かったか……本当に沢山の感情が湧き上がってきます。
愛梨が生きていてくれるだけで、ママもパパも珠莉もどんなに幸せだったか
……愛梨がいなくなった事により人生が一変しました。
どんなに障害をもとうが愛梨の温もりを感じていたかったです。

ママはね、愛梨をあの幼稚園に入れたことや、あの日の朝、愛梨を起こしたことをすごく後悔しています。

あの日の朝、ママは愛梨を起こす時に、

「愛梨朝だよ！　幼稚園に行くの？　行かないの？」と言って起こしたよね、そしたら愛梨はムクっと起きて
「行く～!!」

と言って起きてきたよね……。起きた後はいつも通りにご飯を食べて、歯磨きをし、着替えて幼稚園に行く準備をしてママと一緒にバス停まで行って、

二人でバスが来るのを待っていたね。バスが来るまでは唯一愛梨と二人だけの時間で、愛梨と雪を丸めて雪を投げ当て合いながら遊んだり、手と手を繋ぎ足を踏んだり踏まれたりしながら遊んでいたよね……愛梨は覚えているかな？

ママはあの日の朝の事は今でも鮮明に覚えているよ！

あの日の朝までは本当に楽しかったなぁ～……。あの時繋いだ手を離さずに幼稚園のバスに乗せなきゃ良かったと、後悔してもしきれません。

まさか愛梨との永遠の別れになるとは思っていなかったし、「行って来ます」と言って幼稚園に行き、当たり前の様に「ただいま～！」と元気に帰ってきてくれるものだと思っていました。

3月11日というあの日が今でもなかったら……と思います。

地震が起きた時は、高台の幼稚園に愛梨は居たから、ママは当然の様に愛梨は大丈夫だと思い込んでいました。

3月13日に愛梨が津波と火災に巻き込まれたと聞かされるまでは、愛梨と必ず会えると信じていて、愛梨は寒がりだったから「寒がっていないかなぁ～　お腹空いていないかなぁ～　ママと会えずに不安で寂しくないかなぁ～……」等と考えていました。

愛梨が無事ではないと聞かされた瞬間は、目の前が真っ暗になり頭の中も真っ白になりました。愛梨と二度と会えない・愛梨の温もりを二度と感じる事が出来ない……言葉には言い表せないくらいの絶望感が襲い、気が狂いそうでした。

3月14日は、必死で愛梨を探しに行き、愛梨達の被災現場付近はまだくすぶっている所もありましたが、瓦礫の中から変わり果てた愛梨を見つけることが出来、真っ黒こげで赤ちゃん位の大きさになっていて、表情すら読み取れない位に変わり果ててはいたけど、愛梨だとママもパパもわかったよ。

本当はね、ママもパパも愛梨を思いっきり抱きしめてあげたかったけど、抱きしめたら愛梨が壊れてしまうから、抱きしめてあげる事が出来なかったの……。

抱きしめてあげる事すら出来ずにごめんね……。本当はギュ～と抱きしめて「頑張ったね」って言ってあげたかった……。

愛梨、助けてあげる事が出来ずにごめんね……。愛梨はきっとママが助けに来てくれる事を待っていたよね……。ママは愛梨と約束していた事があったもんね……それは、「ママは何があっても愛梨の事を守ってあげるからね」と愛梨と約束していたよね、そうママが愛梨に言った時、愛梨は安心した表情をしてニッコリしてママに抱き付いてきたよね……

今でもその時の愛梨の表情仕草が思い出されると同時に、愛梨を守ってあげられなかった事に対しての罪悪感みたいなものがあります。愛梨守ってあげられなくてごめんね……せめて、愛梨を抱きしめてあげながら一緒に旅立ってあげたかった……と思っています。

ママがそばにいなくて寂しくないですか？　お友達とは仲良く一緒に遊んでいますか？　ちゃんとご飯は食べていますか？　愛梨は好き嫌いが食べ物に関しては沢山あったから、ちゃんと食べれているか心配です。少しは食べれる物も増えたかな？（笑）

どんな事が今出来る様になりましたか？　どんな事に興味がありますか？沢山愛梨には聞きたい事があります……せめて夢の中で会ってお話しがしたいな～……夢の中でもいいので会いたいです、抱きしめたいです……。

ママはとにかく愛梨が元気で楽しく毎日を過ごしていてくれていれば……といつも祈り願っています。

ママが愛梨のそばに行く日までもう少し待っていて下さいね。その日が来たら会えなかった日々の分、沢山抱きしめさせて下さい！
愛梨の事大好きだよ！　愛しています……。

ママより

お父さん・篤姫へ

お父さん、篤、相変わらず一緒に居ますか？

静岡のブリーダーさんの元から岩手県の小さな町、大槌町の実家に柴犬の篤がやってきたのは震災の二年前。

初代柴犬のパルを亡くしてまだ一年足らずだったから、私は篤が（大槌町の実家の）うちに来ることを初めは歓迎できなかったんだ。なんだかパルがかわいそうに思えて……お父さんもパルには悪いと思いながら、一年間寂しい思いをしていたんだろうね。
でも、篤の可愛い姿と愛嬌の良さにすぐに大好きになったよ。

人が大好きでご近所のアイドルだった篤。
言われてもいないのに自らお手をしてくれる姿に、みんな喜んで可愛がってくれたよね。

小学校へ向かう通学路の途中にある、小さな小さな商店街。うちの花屋、向かいにパーマ屋さん、二軒隣の魚屋さん…。商店街と言えるほどの店の並びではないくらいだけど、お父さんはご近所のムードメーカーだったように思うよ。

思い返すと、お父さんと篤の性格は似ていたのかもね。
子供が大好きだったお父さん。毎朝花に水をやりながら通学途中の小学生達に声を掛けていたよね。篤はその店先につながれていて、子供達にもたくさん可愛がって貰ったね。一時間以上、篤の側を離れない女の子もいたっけ。

家族の中でもお父さんと篤は相思相愛。篤はお父さんの姿が見えなくなると、家の中を探し回ってたよね。朝夕の散歩はもちろん、寝るのも一緒だったね。

あの日もお父さんの運転する車の助手席に、いつものようにリードにつながれていたんだろうね。

お父さんを最後に見た人は「車を降りて避難を呼びかけていた」って言っていた。その後ろには既に波が来ていたとも……。お父さんが降りた車の中で、篤はじっと待っていたんだろうね。波に飲まれながらもお父さんは車に残した篤のことを気に留めていただろうな……

小さな商店街も、帰省する度に篤と一緒に散歩に出かけた漁港も、全て跡形も無くなった瓦礫だらけの町に毎週通って、お父さんと篤を探して何度目のことだろう？　お父さんの車を見つけた。助手席に篤の姿は無くて、リードも残っていなかった。

それから一週間後、近くの土砂の下からお父さんが見つかったけれど、とうとう篤を見つけてあげることはできなかったんだ。

最期は離れ離れになってしまったお父さんと篤だけど、今は一緒にいてくれているといいな。

篤はたった二年しか生きられなかったけど、生きることができた時間が短い分、一生懸命たくさんの人を喜ばせてくれたんだね。

そしてお父さんを一人寂しく逝かせないでくれて、ありがとう。

うちに来てくれてありがとう。

お父さん、私たちのことをどこからか見てくれているのかな？

お母さんも、きょうだい三人も元気だよ。

私のところには今年の夏にかわいい男の子が産まれたよ。

きっとお父さんが生きていたら、すごく可愛がってくれたんだろうな。

この子が新しいしぐさを見せたり、できなかったことができるようになるたび、お父さんにも見て欲しかったな……って思うよ。


そう思うたび、後悔や悔しさがこみ上げることもあるけれど、きっとどこからか私たちのことを見守ってくれていると思っているよ。

どうか篤と二人、楽しく笑顔で見ていてね。

奈緒美

よしくんへ

よしくんを身ごもった時、ガッカ（母《わたし》のこと）は心も体もとても良い状態とは言えなかったんだよ。バッパ（私の母）からは、大阪から宮城に帰ってきてくれ、と毎日泣きながら電話をよこされていたし。そんな大変な状況の中で、よしくんは必死でガッカのおなかにしがみついて、生まれて来てくれた。心臓や背骨に奇形が見られるかもしれないからと、石巻の日赤の小児科の先生がいる日中に帝王切開で出産しました。バッパは生まれたよしくんの手足を一本ずつ数えて、「どこにも異常なしだった！」と喜んでいたっけ。

色々あって大阪から宮城に戻ってくることになると、ジッチとバッパはよしくんのことをものすごく大切に愛してくれたよね。おもちゃも洋服も、紙おむつもおやつも、不自由のないくらい買ってくれた。

ガッカは介護の仕事で夜勤も多かったから、よしくんの世話はほとんどあの二人に任せて。疲れて帰ってくると玄関の窓ガラスの前で待ってくれていて。晩ごはんも、もうとっくに食べていたくせに、ガッカのひざに座ってまた一緒に食べて……。

そんな毎日でした。

三歳になる頃に、自閉症と診断されましたね。ガッカは、一つもショックではありませんでしたよ！　よしくんが生きて行きやすい社会になるには、どうしたら良いか？　周りの人達に協力してもらって、保育所も四年間楽しく行くことができたね。

自閉症児のこだわりが沢山出てきて、時には自分の思いを言葉で伝えることができず他傷行為に走ってしまったり、自傷行為をしたり。悲しくて一緒に泣いたこともあったよネ。ガッカもあの時は本当に悲しかったよ。

みかんが大好きで、お正月のお供えもちの上のみかんが、置くたびに無くなっていて、部屋のすみに皮だけぶん投げてあって。バッパが「犯人は誰だーっ？」と笑っていたっけ。

小学校は特別支援学級。授業参観は調理実習が多くて、二つ上のお兄さんとホットケーキを作ったり、パズルしたり。成長してるように見えなさそうで、少しずつ出来ることが増えていてそれを目のあたりにできて嬉しかったよ〜。

上級生にからかわれて、その子の頭を両手でおさえつけて頭突きを食らわせていたと聞いた時は、家のみんなで爆笑したよ。ヨシムネにも、おもしろくない、不快な感情がちゃんとあるんだねーって。

小学校の先生方や友達から可愛がってもらって休むことなく毎日通い、夏休み中も学校に行きたい！　と行ったこともあったね。大好きな場所が増えて良かったなって思ってたよ。


あの日、ガッカは朝6時に仕事に出てそのまま夜勤だった。二日位前にでっかい地震があって、今までにない不吉な予感がしたから、車の中に水と紙おむつとパジャマとか、車中泊ＯＫの準備をしていた。バッパにも不吉だからと忠告はしておいたんだけど……。

職場で体感したものすごい揺れ。入居者の車イスをしゃがみこんでおさえるのがやっと。

揺れがおさまりかかると施設長が「志保さんは帰りなさい」と私だけ帰された。

三陸道は無理かな？　と下道を通ったが、サイレンの鳴る市内、大混雑で普段20分もあれば行ける道が4時間かかっても動かず、その夜は河北町のウジエスーパーの駐車場に止まって、余震をやりすごしました。

もちろん、その時はよしくんもバッパも、元気だと疑いもしなくて。炭酸ジュースやあめ、チョコなんかを河北町のお店で買って北上町へむかいました。

398号は、「道がない」って言われて、「は？」と思っていたけど、北上町の海がない場所なのに家がない。泥だらけの車、人……。

北上中学校に車を置いて、この目で大室に行って見なければ、安心できない!!と、車で10分の距離のところ徒歩で4時間。途中で何人もの亡くなった方々のご遺体を見つけ、無言で歩いて行きました。

小室に着くと、私を知ってる地元の人から「志保、ヨシムネと由美ちゃん(母)、ダメだった……」と身内や兄弟より先に教えられました。

涙が出ませんでした。信じられなくて。どっか山の中から「ガッカー！」
って私の所に来てくれそうな気がして。でも現実は違いました。
朝まで生活していた自宅が、跡形もなくなっている。母の美容室のイスが
山奥に流れついていました。思い出のものは全て津波が持って行った。
物は、今はどうでも良い。人だ。
大切な人達が流された。大切な一人息子のヨシムネが……!!
その日から、気が狂ったように安置所通いが始まったのでした。
大好きな愛しいヨシムネが、何で?? ヨシムネの為に辛い夜勤も頑張って
これたのに。
生きる希望が消えた。
でも、ガッカは泣けなかったんだ。
ジッチが、ヨシムネを安心と思って逃がした所にまで津波が来て命を落と
すことになって、責任をものすごく感じて毎日泣くんだ。

だから、ジッチの前では泣けなかった。責めてしまいたくなるから、泣けなかったんだよ。ガッカの心も二〇一一年三月一一日、死んだんだよ。

安置所で眠っている何百もの方々を前にして理性もマヒしてしまった。着てる服や顔を一人一人必死で見て探した。

でもヨシムネもバッパも見つからなかった。

きっとバッパはオシャレでプライドの高い人だったから死んだ顔を見せたくなくて、ずっと出てこないねってヒロシやメグと笑い合ったけど、よしくんはどうしてガッカの所に来てくれないの？　毎晩、早く帰っておいでって祈っていたんだよ。

あれ以来、体の調子もすぐれず、仕事もまともに働けず仙台で五年暮らしたけど、今年の春からヨシムネと暮らした北上に戻ってきたよ。

高台に新しいお家が建ったら、また一緒に暮らそうね。新しいブロックも買ってあげるからね。

天国の様子がわからないから、元気でやってるのか気になります。

バッパが側にいてくれるから、そこいらへんは心配してないよ。思えば、大指のヤヨエばーちゃん、大室のタカヨばーさん、清一郎じーさん、大指の尚久おんちゃん、ガッカの大好きな人達に囲まれて可愛がってもらえてるかな？　なんて考えて、なぐさめを得ています。ジッチとガッカがそちらに行く時は、よろしくネ。いっぱい楽しい事して遊ぼう。

大好きだったおはじきやビー玉や缶バッジやペットボトルのふたや油性マジックをおみやげに持って行くよ。

それまで待っていてネ。

ガッカより

天の父なる神様

天の父なる神様、初めて「あなた」に手紙を書きます。

私は二〇一一年三月九日に名古屋から仙台に引っ越してきました。名古屋学院大学の教員を退職し、四月から東北学院大学の教員として働くためにやってきたのです。私は「あなた」も知っているように、今から三〇年以上も前、私が大学四年生の時にキリスト教会で洗礼を受けました。

私は、幼い頃に両親が離婚をして、それ以降、母子家庭で育ちました。進学した大学がキリスト教主義に基づく大学であったことや、母親に言われて姉と一緒に教会学校に通ったこともあったことから、抵抗なくキリスト教に触れることができました。私にとって「あなた」は、愛なる神様であり、いつも一緒にいて、私を励ましてくれるそんな存在であると思っていました。

それなのに「あの日」引っ越しを終えたマンションの八階で妻と二人で荷解きをしている時に、突然、ものすごい勢いで部屋が揺れ、食器棚が倒れ、テレビが飛んできて、何もかもがメチャクチャになったのです。自宅はもちろん、四月からの勤務先の東北学院大学の私の個人研究室も、そして、何よりも私の「あなた」に対するキリスト教信仰もメチャクチャになりました。その時から「あなた」の存在が見えなくなり、「あなた」の愛が分からなくなってしまったのです。

頭では理解しようとしても、どうしても心や霊では理解できないのです。あるいは、「あなた」の存在を認めたとしても、「あなた」を愛するのではなく、「あなた」を憎んでしまうのです。そんな私にある人は言うかもしれません。「大澤さんの信仰はそんなものだったのですか？」とか、あるいは、「私はあなたよりもっと苦しいことを経験しましたけど、それを信仰で乗り越えて来ました」とか。そんなことは私にはどうでもいいのです。他人の信仰や他人の不幸自慢はもうたくさんです。これは私と「あなた（神）」の関係性の問題なのですから。

あれから六年が経とうとしています。今も私の心の中には「あなた」に対する疑いと怒りが渦巻いています。そのことを「あなた」は知ってか知らずか、私の気持ちをもて遊ぶかのように、私をいろいろなところに導くのです。なぜでしょうか？東北学院大学に来て二年目に、大学礼拝の説教を担当して下さいとの連絡が宗教部から私のもとに入りました。取りあえず一年間だけやって辞めようと思い引き受けました。

仕事と割り切って一生懸命にやりましたが、どうしても「あなた」に対する怒りと疑いの気持ちは消えることはありませんでした。それと同時に、「あなた」に対してこんな気持ちを抱いている私のような人間が語る説教を誰が聞いているのかという自分自身に対する怒りも日増しに大きくなり、五回目の説教を終えてから宗教部の方に断りの電話を入れようと思いました。

大学礼拝を終え、研究室に戻ってみると、研究室の前に三人の男子学生がいました。そのうちの一人の学生が私に言いました。

「大澤先生の礼拝説教をいつも楽しみにしています。先生の本を買ったのでサインをして下さい」と。

私が名古屋学院大学時代に書いた「聖書のパワー物語」（日本地域社会研究所）を差し出しました。ただただ驚きました。彼らが帰った後、研究室の鍵を掛けて泣いてしまいました。結局、宗教部への説教を断る電話は取りやめになりました。私は「あなた」に対して感謝などしませんでした。大学礼拝という場から私を逃がしてくれない「あなた」をただただ恨みました。

また、ある時、同僚の金菱先生から「長崎旅行」の話がありました。名古屋学院大学時代にも長崎に行っていたこともあり、私は何も考えずにＯＫの返事をしました。とても楽しかったのですが、江戸幕府のキリシタン追放令を受けて、キリシタンが虐殺された場所や隠れキリシタンとして信仰を守っていた現場を見るにつれて、私の心にある「あなた」に対する怒りと疑問が沸々とわいてくるのに気づきました。それと同時に、「あなた」を信じて「踏絵」を踏まなかったキリシタンたちと自分を比較して自己嫌悪に陥ったりしている自分に出会ったのです。

なぜだか分かりませんが、長崎旅行の自分のお土産には、隠れキリシタンたちが奉行所に見つかり虐殺をされた場所に建てられたキリシタン資料館で売られていた、マリア様が彫られている「踏絵」を買っていました。一緒に行った同僚の先生たちも驚いていました。なぜ、あの時、私は「踏絵」を買ったのか？　私自身にも分かりません。ただ、買った「踏絵」は、いつも私の寝ている布団の枕元に置いていました。

その時、私はこんなことを考えていました。もし、キリシタン禁教令の時代に私が生きていたら自分は果たして「踏絵」を踏んでいたのだろうか、それとも、踏まないで殺されていたのだろうか？　また、ある時は、「踏絵」を眺めながら、現在の私は「踏絵」を踏めるのか、踏めないのかどうなのかを自分自身に問いかけていたのです。

ある日、私は「踏絵」を手に取りじっくりと見つめました。私には「踏絵」に彫られていたマリア様は笑っているようでもあり、悲しんでもいるような顔をしているように見えました。今の私に対してマリア様はどんな顔をなさるのか？　そういえば、長崎のいくつかの資料館を巡ってみて分かったことなのですが、キリシタンを捕まえるための有効な方法の一つとして懸賞金がありました。つまり、キリシタンを捕まえた人、キリシタンを奉行所に密告した者には幕府から多額の金貨が貰えたのです。捕まったキリシタンたちは自分が心から仲間であると信じていた人から裏切りにあったのです。

人に裏切られた者が「あなた」を裏切り、「踏絵」を踏んだのかも知れないなどと思いました。そこには裏切りの連鎖があったのかも知れないなどと勝手に考えてしまいました。そういえば、私自身のこれまでの人生もある時は人を裏切り、また、ある時は人に裏切られたりしながら歩んだ五〇年だったのかも知れません。その痛み、苦しみ、悲しみ、恨みを「あなた」は引き受けてくれますか？　その時の「あなた」の顔は、怒り、悲しみ、笑い、失望、それとも……そんなことを考えてばかりいたのです。

「踏絵」との対話はそれ以降も続きました。でも、ある時から「踏絵」を持っている訳にはいかないと思うようになりました。そして、どうしようかと考えた挙句、結局、買ったところに戻すのが一番ではないかと思い、キリシタンの資料館に手紙を書くことにしたのです。手紙の内容ははっきりとは覚えていませんが、多分、次のような感じだったのではないかと思います。

「私のようなものがこの踏絵を持っている訳にはいきません。踏絵を見ていると神様にも、そして、神様を信じて真剣に生きていた、あるいは、今も生きている人々に対して大変、申し訳なく思います。私自身とても心苦しく思っています。大変、申し訳ありませんが、この踏絵をお返ししたいと思います。どうぞよろしくお願いいたします」。

私は、仙台に来てから今にいたるまで、日曜日には教会に行っています。なぜ、教会に行っているのか？ 今でも考えることがあります。理由はたった一つです。パンと葡萄酒がもらえるからです。「あなた」はもちろん知っていますが、この手紙を誰かが見ても、誤解されないように説明すると、聖書ではイエス・キリストが十字架にかかる前に弟子たちと食事をした場面が出てきます。その時、イエスは弟子たちにパンと葡萄酒を分け合いながら、これを記念として行いなさいと命じるのです。だから、キリスト教会の礼拝では、今、現在でも同じように、聖餐式という形でパンと葡萄酒を、イエスを信じた者たちと分け合うのです。

私のような「あなた」に対して怒り、疑うような人間であっても教会に行っていいのか？　と、「あの日」以来、ずっとそのようなことを自問自答していましたが、ようやく分かりました。イエスを裏切ったユダに対しても、イエスはパンと葡萄酒を分け合っているのです。イエスを見捨てて逃げてしまった他の弟子たちともイエスは一緒にパンと葡萄酒を分け合っているのです。

それならば、私のような「あなた」を何回も何十回も、いや何百回、何千回も裏切るような者であったとしても、ひょっとしたら食事に招いて下さっているのではないか。弟子たちが食べたような大きさのパンや葡萄酒でなくてもいい、パン屑や飲み残した葡萄酒の一滴でもいい、そんな気持ちで礼拝に出席をするようになりました。

こんなことを考えたことは今まで一度もありませんでした。全て、「あの日」から六年が経ち、このようなことを感じるようになったのです。また、今、私は教会でしている仕事があります。これは、私自身が勝手に自分の仕事であると思っているだけなのですが、それは、教会に来ているたくさんの郵便物を整理することです。仕事の内容はいたって簡単で、教会に来ている郵便物の封を開けて、期限が過ぎたものは廃棄し、新しい日付順に郵便物を見やすいように机の上に並べるという、ただそれだけの仕事です。これは、二年前ぐらい前からやるようになりました。とても楽しいのです。こんなことも今までの私だったら、することは考えられませんでした。

二〇一七年がやってきました。あの日から六年が経ったのです。私は今、思います。私はこれからも多分、間違いなく、「あなた」に対して怒りや疑問などさまざまな思いをぶつけることでしょう。「あの日」を経験する前の私はある意味でお上品な信仰者であったのです。でも、今は違います。自分でも嫌になるぐらい、いくじのない、だらしない、弱い、お行儀の悪い信仰者であることを思い知りました。

だから、このような私のままこれからの人生を歩んでいこうと思います。

もし、今までと一つだけ違うことがあるとすれば、それは、今までの自分は、私が「あなた」の手をしっかりと握りしめているのだと思っていました。私ができるだけ力強く、しっかりと、離れないように、「あなた」の手を握ろうとしていたのです。でも、今はそうではありません。

私の手は常に「あなた」の手から離れてしまっているのです。あるいは、「あなた」の手を時には握ったり、時には放したりといつも不安定で中途半端なのです。もし、私が「あなた」の手を完全に放すようなことがあったとしても、「あなた」は、私の本当に小さな、弱々しい手を離さずにしっかりと握りしめて下さっているのです。

「あなた」に手紙を書くのは、これが最後になるのか、あるいは、これからも度々、書くようになるのかは私自身、分かりません。でも、今、書いていることは私が「あの日」から「あなた」に対して何を感じ、何を考えたのかという正直な気持ちなのです。「あなた」は、この手紙をどんな顔をして読んでいるのでしょうか？　笑顔でしょうか？　悲しみでしょうか？　怒りでしょうか？　苦しみでしょうか？　それとも……。

さようなら。

大澤　史伸

届かぬ手紙

ねえ、お母さん。

人は死んだらどうなるのですか？

死んだら全ては終わり、肉体は時間が経てば色が変わり腐り始め、
焼かれて骨になり、「0ゼロ」になってしまうのだと、
私は東日本大震災でお父さんとお母さんの遺体を見つけ出し
ドライアイスはおろか水さえろくにない状況で処理して
安置し、火葬して見送る中で痛感しました。

身体はどうなるか見届けましたが、
魂は　心は　どこに行くのですか？

周りの人は、
「ご両親がちゃんと見守ってくれているよ」
というけれど、

それは、どこで？　どこで見守っているというの？
それはどんなところなの？

本当にそんなところがあるのならば、
どんなに遠くても、
どんなに険しい道のりでも、

何をしてでもどんな手段を使ってでも会いに行きたい。
もしかしたら、私も死ねばお母さんに会えるのかもしれないと思ったことも一度や二度じゃない。

会いたくて、
会いたくて、
会いたくて、
会いたくて、
会いたくて、会いたくて、会いたくて、会いたくて、会いたくて……。

叫ぶどころか泣く力さえないほどに。

死後の世界というのがあるんだという人がいるけれど、

私はそんなものはないと思ってきました。

人はなぜ死んでしまうのに、産まれてくるのでしょうか？
その無情さに意味を見出したいがために、
人は「死後の世界」というものを信じたがるのではないのでしょうか？

いずれにせよ、
もう、生きて笑っているお母さんにもお父さんにも会えないことだけは確かなのです。

だから、この手紙を書き上げたとしても、
どこ宛に出したらよいのか、

わからないんだよ!!　お母さん!!

でも、伝えたいこと、書いてみるね。

ねえお母さん、
私ね、今、「かたりべ」っていうのをしているの。
震災でめちゃくちゃにされた南浜町のこと、
お父さんやお母さんのこと探して見つけた時のこと、
そんなことを石巻にきた人に、またはどこかに出かけて行ってお話ししているの。
ニューヨークでお話しした時には、イギリスに留学中だった颯丸（息子）が駆けつけてくれて、通訳してくれたんだよ。

ねえお母さん、
お母さんと最後に会ったのは、
仙台の街に一緒に買い物に行った時でしたね。
あの日、歩きながら「ねえ、お父さんにエンディングノートを贈ったら、叱られるかしら?」と相談したのは、何かの予感だったのかな。
JR仙石線に乗り、私は西塩釜の駅で降りて、
そのホームで「バイバイ、またね」と手を振ったのが、
お母さんを見た最後になりました。
あれが最後になるとわかっていたのなら、
伝えたいことも、聞きたいことも、
たくさん、たくさん、あったのに………。

ねえお母さん、
私はお母さんほど素敵なすばらしい明るい女性と、
今まで出会ったことはありません。
この先も出会うことはないでしょう。

友達にもいつも言っていたの。

「私はうちの母ほどすばらしい女性を見たことがないし、一生かかっても追いつけない」

って。


そのセリフ、友達じゃなくて、お母さんに直接伝えればよかったな。

ねえお母さん、
お母さんは、地震が来た瞬間、二階の私の部屋だったベッドの上にいたのではないですか?

読みかけの本がベッドの枕の脇に伏せてありました。

中村メイコさんの「人生の終いじたく」という本でしたね。

また、その横には長年の趣味の短歌の下書きノートがありました。

最後に書いてあった短歌は、やっぱり颯丸のことでしたね。

「落ちる気がしないと豪語して深夜に学びし我が高校生は」

ねえお母さん、
あの時は颯丸が高校二年生の三学期でした。
「受験を乗り越え、宮城を離れたら、
颯丸よりも、あなたのことが心配だわ。
だから、うちに泊まりにおいでね」
と言ってくれたのに、
こんなことになっちゃって、寂しい時には私はどこに行ったらいいの？

ねえお母さん、
猫のソルトもミントも元気です。
震災の後、この小さなふたりがどれほど私を救ってくれたことか。
お母さんも小さい時から猫が大好きだったとのことで、
うちに遊びに来ると、四つん這いになって猫と挨拶してお話ししていたね。

ソルトもミントもお母さんのことは覚えているのかな？

ねえお母さん、
お茶目でちょっと「天然」で美人で優しくて明るくて、
友達がたくさんいたお母さん。
もし、もしも、今どこかにいるのだとしたら、
やっぱり周りにはお友達がたくさんいて、
みんなで笑っているのでしょうか？

お父さんへ

今、録画しておいた「永遠のゼロ」のドラマを見ていて、
私はおろかにもはじめて気づきました。

お父さんは、靖国神社について書かれた本を私に読ませた他は、戦争の話は一切しませんでしたね。

自分の兄が、そして一緒に訓練した仲間が靖国にいると信じているのに、いくら誘っても一緒についていってあげるといっても、

「いやいいんだ………」とやむやに首を横に振っていた。

本棚には、特攻で亡くなっていった人たちが家族に残した最後の手紙をまとめたものがあったけれど、長い時間それは買ってはみたものの開かれたことのない様子でした。

家族あてに書かれた別れの手紙の痛ましさを誰よりわかっていたのと、それが悲劇の美談として表されていることに、違和感を感じていたからではないのでしょうか?

予科練の制服姿は家族の誇りだったとおじさんに聞いたことがあります。

また、訓練では上官や先輩に殴られて、
けんかっぱやい（私はお父さん似なんだね）父は、夜中に仕返しをして、
翌日知らんふりをしていたとか、

そんないろいろな話を、弟を通してしか聞いたことがありません。

そんなお父さんだから、
一戸建ての家を建てて、そこで男の子と女の子とをもって、
犬を飼いたい、というのが夢だったから、
今が十分幸せなのだよと、お母さんから聞いたことがありました。

お酒も飲まず、レジャーもせず、土日は車を洗ったら、あとはテレビを見ていましたね。
お相撲や、プロ野球、高校野球の中継が好きでしたね。
夏の高校野球で、試合に負けたチームの子供達が泣きながら砂を袋に入れているのを見

て、いつも怒っているのが我が家の夏の風物詩でした。

「ここで泣くくらいなら、なんでもっと練習や試合を死ぬ気で頑張らないんだ！」

と……。

お父さんは、私のことを思って戦争のことを話さないのだとずっと思っていました。
そうではなくて、あまりに辛い記憶だから、話すことができなかったんですね。
理不尽だと思いながら上の命令に従っていたのか、
それとも、プロパガンダに洗脳されて、上のいうことを聞いていれば
国を守って、大切な人たちを守れるのだと思い込んでいたのか、
また、それが、戦後、間違いだと気付かざるを得なくて、
その葛藤を消化しきれなかったのでしょう。
そして、そんな人が、たくさんいるのですね。

もっと戦争の時のお話を聞いておけばよかったとずっと思っていたけれど、
今、まだ生きていたとしてもその時の話は、決して聞かせてはくれなかっただろうし、
靖国神社にもやっぱり行かなかったのでしょうか？

でもね、あなたの愛するひとり孫であった颯丸が、
二〇一六年の春に、その靖国の道路向かいの日本武道館で、
大学院の入学式を行いましたよ。

その入学式に参列するのだと誘い出せば、
細い目をますます細くして、きっと東京まで一緒に行ってくれたでしょう。

その帰りにでもつれていってあげられていたのにね。

死んだら人はおしまい「無」になると思ってきましたが、

もしかしたら肉体は朽ちても、魂は残って自由になるのでしょうか?

だとしたら、
お父さんの魂は解き放たれて、好きなところに飛んで行ったと思っても良いのでしょうか?

そして、靖国や、颯丸が学んでいる大学の赤門や安田講堂や、行ってみたいところに、自由にどこまでもどこまでも、飛んで行って欲しいと思います。

旅行なんてあまりしたことのないお父さんが、
毎晩枕元においたラジオで聞いていた深夜番組のジェットストリーム。
お父さんの部屋から流れてきたことが思い出されます。

あのテーマソングの「ミスターロンリー」をエレクトーンで弾くと、喜んでいましたね。
「霧のサンフランシスコ」「80日間世界一周」なども好きでしたね。
サンフランシスコにでも、世界一周にでも、
ゆらゆらと風になって雲になって飛んで行っているのだとすれば、
お父さんや、お母さんに会いたくなった時には、
空を見上げることにしようと思います。

生きている間に言えなかったことで一番伝えたいこと、

辛いことも苦しいこともたくさんあるけれど、
それでも………

「この世に誕生させてくれて、心からありがとう！」

匡美より

じいじ・ばあばへ

震災から五年半。

俺はまだ、じいじとばあばが死んだことを実感できていません。あまりの衝撃だったせいか、あまりに突然の死だったせいか、それとも震災から一年後に上京して宮城を離れていたからか、いや、ただ自分が人の死に無頓着であるあまり、悲しみもせず非情だったからか。原因はわからないけど、なぜだか二人の死が自分にとって現実味を帯びて訴えてこないのです。たしかに、二人が死んでいるらしい状態は自分のこの目で見ています。ばあばは、ぐちゃぐちゃになった家の廊下で、瓦礫の下敷きになりうつ伏せになっていたところを見つけて襖に寝かせた。じいじは母が遺体安置所で見つけて、俺が会った時には棺の中で綺麗な顔で寝ていた。そして、火葬の日、二人の骨を骨壺に入れもした。

さらには、帰省するにつれて石巻市南浜町も昔の面影をつゆとも見せることはなくなっていった。町中雑草が生い茂り、瓦礫が沿岸に山積みとなって、そして、いろんな思い出が詰まったじいじとばあばの家もなくなった。ばあばと庭の雑草取りしたり、じいじ特製のチャーハンを心待ちにしたり、廊下でオセロや将棋をしたり、リビングで野球見たり、コタツでみかんを頬張りながらお茶を飲み三人でうたた寝したりした家。また、両親が離婚した俺にとって、じいじとばあばの家はひとつの逃げ場所のようなところで、二人には甘えて八つ当たりしたり、だからしかられたりして。それでも、優しく俺のことを包み込んでくれたじいじとばあば。その記憶が染みついた家がもう今はない。

そうやって二人との思い出を振り返ると目頭が熱くはなるけれど、マッチに火をつけた瞬間に燃え盛る炎の直後の静かな火のように、次の瞬間にはそのリアリティが無くなっていく。なぜなら、二人は死んでいるのではなく、まだ生きていてどこか遠いところにいるような気がしてならないのです。

だから、二人は前を向いてほしいと思っているかもしれないけど、「祖父母の死を乗り越えて一歩前に進んでいきたいと思います」といった、どこかありふれたフレーズは、俺にとってはなんとなく胡散臭さを感じます。また、震災体験のことを話すとそれを聞いた人から「大丈夫だった？」と心配されますが、その善意には感謝しつつも返答に困ってしまいます。なぜなら、繰り返すけど、俺にとって二人はどこかで確実に生きているから。

でも、それならなぜ、俺はじいじとばあばに会いたいと思っているのに、二人は俺に会いに来てくれないの？　生きているのなら会いに来てほしい。俺はいま高校も大学も卒業して、大学院に入学したんだよ。大学生活は刺激の連続で、東京でもインドネシアでも生涯の友に出会い、恋に落ちたりして、イギリスに一年間留学して楽しいこともありながら、なかなか馴染めず打ちのめされ、ヨーロッパを一人旅して自分と対峙して、そして、将来のキャリアについて考えて大学院に合格して、でもこの選択が正しかったか迷って。この体験の数々とその意味を二人にも話したい。どんな旅だったか、どんな経験だったか、何を感じたか、何を学んだか、どれだけ幸せだと感じたか、どれだけ孤独だと感じたか。

　でも、二人は聞きに来てくれない。それは周りから見れば当たり前なのかもしれないけど、俺はたまにこの事態に困惑します。そして、この経験をうまく共有できずにいる俺は、どう生きるかについても思い悩みました。この世の中からいっそいなくなってしまった方が楽なのかと考えたこともあるけれど、臆病な俺は結局死ぬ事なんてできず、じゃあどう生きればいいのか、どう生きていくことならできるか、そんなことについて、ベッドにへばりついて寝そべり思い耽りました。その時間の中で、感じたり、思い出したり、気づかされたことは三つ。

　一つは、自分が思うより周りを頼ってもいいということ。人に優しくなるということは相手を信じて頼るということに気づいた。いや、正確には仲間に気づかされた。一人でうろたえる必要はないのだと。

　二つ目は、じいじから、口すっぱく耳にこぶができるほど聞かされた「知力・気力・体力」という生きるための三つの力のこと。バランスが大事でどれか一つが欠けてもダメだという話。直接聞いた時はあまり実感が沸かなかったけど、そういう話って年齢を重ねると、お酒の味の違いがわかってくるように、その話も咀嚼できるようになるもので、マインドフルネスの本や漫画スラムダンクを読んで、じいじの話を思い出したよ。だから、とりあえず、読書の時間をつくって気力を養い、ばあばがよくやっていたように、ラジオ体操で体を動かすことから始めてみた。どう生きていけばいいのかについてくよくよ悩むことも時には大事なのかもしれないけど、じいじの言う生きるための力の基盤を再構築することから始めようと思いました。

そして三つ目は、母から送られてきたばあばの数ある短歌のうちの一首に目がとまり、はっとさせられました。

「天翔けて吹く風のやうに颯爽と生きよとて颯丸と命名されぬ」

ばあばが俺が生まれた時に詠んだ一首。なんだか不思議。そこにはコメントもあって、ばあばはこんなことを書いていたんだね。

「颯丸の成長はどんな些細な事でも私の歌になり詩になり、おかげで沢山の作品を詠む事が出来ました」

　俺が日々生きていく事で、そしてどんな形でも生きていくことで、その生き様をばあばはこれからも短歌にしてくれる。そう思うと、死んでなんかいられない。そして、コメントの最後には俺へのメッセージもあった。

「この先の人生には色々な困難な事にぶつかるでしょうがその名の様に颯爽と生きていってほしいと願っています」

　このメッセージは、まるでどこかのフォーラムで登壇した時に読み上げたスピーチの締めくくりの一言に聞こえ、一瞬の静寂とスタンディングオベーションの拍手喝采の余韻を含んで俺にせまってきました。どう生きればいいのか、そもそも生きていけるのか、そんなことを思い悩む今の千葉颯丸に、そのメッセージは深く深くつきささりました。いつの日か尊敬する先生が「高校生〝である〟ことと高校生〝に〟なることの違い」について似た様なことを話していたことを思い出し、「俺は千葉颯丸〝で〟はある〟けれど、千葉颯丸〝に〟なりきれていないな」と、ばあばの言葉で気づきました。

やっぱりじいじとばあばは生きている、そんな気がします。いやそんな気がしてならないと言った方が正しいかな。馬鹿げているけど、俺にはそうしか感じられない。二人の死を受け入れられないからそう思う事で気を紛らわせるとか、そういうことではないよ。この手紙を書きながら飲んでいるレモネードが酸味をふきだしながら俺の体のなかに連続する形で一滴ずつ流れていくように、当然のごとく、距離はありつつも、二人の存在をありありと感じるんだ。

そう、だから俺は二人の死を乗りこえようなんて思わない。じいじとばあばと一緒に生きていく、そして俺は千葉颯丸になっていきたい。強くそう思います。だからこれからもそばにいてね。

かぜまるより

故郷、愛犬との別れ

3・11、決して忘れることのできない驚きと怖さ、そして悲しみを経験しました。

東日本大震災、家も壊れる程の強い揺れと津波、一万五千人以上の死者が出た程の未曾有の大地震。津波で家や家族を亡くされた方々は本当につらく悲しい思いをしたことでしょう。

その津波による福島第一原発事故……

当時主人は東京電力の社員であった為、東電福島第一原子力発電所のある大熊町に住んでおり、私自身とても複雑な思いでした。

地震のあった日は夜まで近所の友人と過ごし、遅くに主人が帰宅しましたが、強い余震が続くため車の中で夜を明かしました。

早朝主人は原発が心配で発電所に戻ったのですが、その直後発電所事故の可能性があるという事で避難命令が出たのです。

近くの集会所に集合するようにとの班長さんからの連絡でした。

集会所から町で用意されたバスで約40キロの所へ避難の予定でしたが、バスを待っていると時間がかかるので車で移動可能な方はすぐに行って下さいとの事、その時私は原発で重大なことが起きたのだと感じました。

そんな中でどうしても気になっていたのが我が家の愛犬でしたが、車でなら同行できることになり少しホッとした気持ちと不安の思いで、愛犬を乗せ避難所へ向かいました。

避難先では近所の方達と一緒に過ごせたので心強かったです。愛犬は駐車場の車の中で飼う状態でした。

避難した翌日のニュースで原発の爆発を知り重大なことが起きてしまった、どうしよう、主人は無事かこれからどうなるのだろう。当然主人とは連絡が取れず気持ちは焦るばかりでした。

日に日にニュースでは原発事故の様子や詳細が発表になり、もう大熊には帰れないだろうと言う人もいて、不安がますます大きくなるばかりでした。

そんな日が続き、五日目にやっと主人と連絡が取れました。

無事で良かった、安堵の思いでした。

当然のことだとは思いますが、原発で働いていた人たちは事故を収束させるため命がけの作業を行ったとのことです。


その後、兄弟や子供の家にお世話になりながら生活していましたが、主人もやっと会社と連絡が取れ本社で勤務することになり、東京での避難生活が始まりました。

本社でも事故収束のための仕事に変わりはなく、主人は家には数時間寝るのに帰ってくる状態が続きました。

私を癒してくれていた愛犬は避難先では飼えず、義姉の所に預けていたので、私は孤独な毎日、いつも大熊町での生活を思っていました。

大熊町は、空気も水もきれいで、秋には海から熊川に鮭がのぼり、梨やキウイを特産物とする緑豊かな町でした。ご近所の方々ともとても親しくさせて頂き、思えば平穏な暮らしでした。しかし、避難先ではテレビをつければ原発事故の事ばかり、夜も眠れず、ストレスから体調を崩しました。

これは、私だけでなく避難生活を余儀なくされているほとんどの方が同じ思いをしたことでしょう。

愛犬は、少しずつ体が弱り震災から一年後、一緒に暮らす事もなく亡くなりました。今でも無念でなりません。

この原発事故はなぜ起きたのか、地震による津波、福島では15メートルだったそうです。未曾有の地震と津波による事故でしたが、防ぐ事はできなかったのか、あらゆる想定をした事故対策はされていたのでしょうか、事故前は原子力発電は安全と言われて信じてきましたが、その安全神話が崩れたのです。

一歩間違えればとても危険で恐いものと知り、二度とこの様な事があってはならないと思いました。

賠償金や廃炉のための事故対策資金も膨大な金額が打ち出されており、国民にも多大な負担を強いられています。

今、全国的にはいくつかの原子力発電所で再稼働の予定をされていますが、原子力発電ではない発電方法の開発を切に願います。


東日本大震災から六年目になろうとしています。

この間、いろいろな方々に支援や励ましを頂き、心から感謝の気持ちでいっぱいです。

主人も定年を迎えおかげさまで私も落ち着く場所が見つかり、少しずつ周りの環境にも慣れてきました。

原子力発電所の廃炉完了まで約三〇年と言われています。とても長い年月ですが無事完了させて頂きたいと思います。また、福島の一日も早い復興を願っています。

福島　希

パパが帰ってこない

パパが帰ってこなくなってからもう二年一〇ヵ月が過ぎたよ。帰ってこないところを見るとそちらはよほど居心地がいいのかしら？　そうだよね。。。もうどこも痛くないし、なにも怖くないし、何よりあったかくて明るいものね。

震災の前に大病を患い、二度の手術に耐え、その傷跡を私に見せながら「自分の腹じゃないようだよ！」と笑ったあなた。本当はとても不安だったろうに、そんなことは微塵も見せずにいつも笑っていたね。化学療法も気丈に受けながら、その薬を私に見せて笑っていた。

それなのに、東日本大震災があなたの命を奪ってしまった。。。と、私はそう思っている。

大震災で病院は壊滅。震災と闘いながら病いとも闘い、仕事の都合上、病院にも行けず。

あなたの治療は中断。医師もあなたも震災復興のために翻弄。あなたの治療が再開したときにはすでに遅く、がんは再発していたね。告知を受けて家に帰った時「俺はもうあきらめた……」ぼそっと、そう言ったあなた。

「そんなこと言わないで。あきらめないで。私を置いていかないで」そう言って涙した私に、二度と命のことには触れなかったあなたの優しさを、痛いほど感じていた、告知からの二年半。本当は怖かったよね。不安だったよね。つらかったよね。

私の知らないところで一日一日、死と向き合っていたのでしょう。そんなこと家族にはこれっぽっちも見せずに、、これっぽっちも知らせずに。強く明るく生きたあなた。

あなたが亡くなる二日前、横向きになって寝ていた私の腰にあなたはそっと手を置いたね。あの時寝たふりをしていたけど、本当は目が覚めたの。

でもね、何を言おうとしているのか、その手のぬくもりから察しがついて、怖くて振り向けなかった。泣いてしまうから振り向けなかった。

「俺はもうだめだ、子どもたちを頼む、でこちゃん今までありがとう、ごめんな。」

あなたの手のぬくもりがそう言っているようで怖くて振り向けなかったの。あの時振り向かなくてごめんねって、今でも思っている。しっかりあなたと向き合わなければならなかったのではないかと、ずっと後悔している。苦しかったね。仕事を続けながら化学療法を受けて。

「ずっと頑張ってきたから、少し病休とったら？」と言っても「うん」とは言わなかったね。「痛いの？」と聞いても必ず「大丈夫だ！」と言って。

痛いはずなのに。痛いに決まっているのにいつも「大丈夫だ」と言わせるのがだんだん辛くなっちゃって、だんだん聞くことができなくなって……冷たい妻だと思っていたよね。一番辛かったのはあなたなのにね。

もっともっと、心配してあげればよかった。もっともっと寄り添ってあげればよかった。心配で心配でたまらなかったのに。

でも、あなたの病気がわかってからの四年間は苦しかったけれど、最高に楽しかった四年間だったかもしれない。毎日笑っていたよね。息子のおかげで、車で神戸まで行ったね。淡路島にも渡ったよね、そして観覧車から見た明石の海、忘れられないよ。広島、宮島にも行ったし、錦帯橋も歩いた。ねぶたも見たね。小樽に行きたいと言いながら、その頃はあなたの体調が心配で実行できなかったね。

横須賀には何度行ったことか。最後の横須賀はちょっとしんどそうだったね。それなのにディズニーシーにも一緒に行ってくれて。最初で最後のディズニーシーになったけど、楽しかったよ。あの笑顔忘れない。

最期の最期まであなたは一家の主として強く生きてくれた。娘の私立中学校合格を見届け、すべての手続きを終えて安心したのか、急に私の目の前からいなくなってしまったの。

平成二六年一月二八日、とても寒く風が強い夜だったね。

「さよなら」も何も言わず、あなたらしく誰にも迷惑をかけることなく、あっという間に一人で逝ってしまった。

息子の大学校入校の時、卒業式を見るために「俺は四年後、またここに来なければならないな！」と自分を戒めるように言ったじゃない。それなのに息子の勇姿も見ずに逝っちゃって。

娘の中学校入学式も、息子の大学校卒業式もあなたは私の隣で穏やかに笑っていてくれるはずだったのに。いつも、いつも私ひとりで寂しいよ。一緒に笑いたかったよ。一緒に喜びたかったよ。

子どもたちが人生の岐路に立つとき、いつもあなたに相談しているの、わかっているる？　ひとりですごく悩むんだよ。パパがいてくれたらなんて言ってくれたんだろう？って。

パパなら「うん、それでいいよ」って言ってくれるよね！って、私の都合がいいように決めちゃうんだけどね。

でも、子どもたち二人が人生で大きな決断をしなければならない時が一番心配なの。パパならどういう決断をしてくれるんだろう？っていつも考えているよ。

もちろん、そんな子どもたちの最高の晴れ舞台の時も私の隣で笑っていてほしかった。いいや、見えない姿でいつも隣で笑っているのかもしれないけど。時々思うんだよ。「あっ、今ここにパパがいる」ってね。

だから、私はパパが逝ってしまったことをまだ実感していないのかもしれない。実感してしまったら辛すぎるから。だから毎日仏壇でお話ししているんだよ。聞こえてるかな？

そうじゃないと、私がそちらに行ったとき、しわくちゃ顔で「おまえは誰だ？」なんて言われそうだもの。だから、これからもずーっと私の隣でしずかに笑っていてほしい。

そして子どもたちを見ていてほしい。二人とも頑張っていますよ。きっとこれからも力強く進んでいくのだと思う。強いところはパパに似たんだね。良かった。

あなたと暮らした二二年間。たくさんの笑いをくれた二二年。今でも家族だけが知るパパの名言で笑わせてもらっています。いっぱいの幸せと、いっぱいの愛情をありがとう。

そして、二人の子どもたちをありがとう。

心から愛をこめて、パパありがとう。

「苦難は忍耐を生み、忍耐は練達を生み、練達は希望を生む。そして、その希望は決して失望に終わることはない」。

ずっと一緒にこの言葉を信じてきたね。この手紙を機に改めてこの言葉を思い起こし、新たな決意を胸に前を向いて行こうと思います。

英子。

六十五年間、海との係わり

私は十六歳で海の仕事に携わった。家では祖父と父親が漁師で小型定置網とかきの養殖を営んでいた。私も漁師の三代目となり家業に就いた。今日まで六十五年間漁師の仕事を行って来た。

その間、昭和三十五年南米チリ地震津波、昭和四十三年には十勝沖地震津波にあい、チリ地震の時は小型定置網とかき養殖施設が全部無くなった。家は水が入ったが、全然壊れなかった。船は漁に出ていて、無事だった。十勝沖津波の時は漁業施設は八割くらい壊されたが、家には水は入らなかった。漁師も無事だった。

しかし今回の東日本大震災は、漁業施設全部と漁船三隻失った。家も流されて壊れた。漁業倉庫も流されて壊れた。それでも私は海を恨む気持ちにはなれなかった。

むしろ仕方がないとあきらめていた。

翌年の平成二十四年五月には、息子が息子の友人と二人で小型定置網とかき養殖を始めた。私も一緒に漁を手伝った。

海は直ぐに私達に恵みを与えてくれた。養殖かきの実入りも良く、大漁が続いた。平成二十五年の五月には、中清子〔スズキになる前の稚魚〕がマス混じりで網いっぱいに入った。でも中清子に〔放射性物質の〕セシウムが出て、これは取ることができなかった。

船に積むと、中清子が死んで処分に困るので、網を沈めて魚を全部網の外に逃がしてやった。

ごせつ腹焼けて〔後日腹が立って〕東電に悪口言ったが、どうにもならなかった。

私達漁師は海にごみは絶対捨てないように常に心掛けている。特にナイロンやプラスチック製品は家に持ち帰り処分している。なのに東京電力は東日本大震災の時に私たちが大切にしてきた海を全部汚してしまい、魚を売れなくしてしまった。

東電は想定外の津波であったなどと言っておるが、原子力発電に関わった人達は自然の恐さを知らず、自然を甘く見、利益優先で行ったのではないかと私は思う。それを見逃した国の検査院にも責任が有ると思う。

それでも海は海の力で、少しずつでもきれいにしていくのではないかと思う。私の住んでいる給分浜に三ケ所の縄文遺跡のあった場所は、今度の津波も全然水が上がらなかった。その場所は五千年もの昔から一度も津波が上がらなかったのではないかと思っておる。

縄文遺跡のある二ヶ所に今度、復興住宅が建つ事になった。一ヶ所はすでに、二十四戸の家が建っている。縄文人は五千年前から自然の恐さ、津波の恐さを知り、高台に住居を作り、貝や海藻を取ってたべて暮らしていたと思う。

今度の東日本大震災で、私達の住んでいる牡鹿半島が一メートル二十センチ沈んだと言われて、私も自然の恐さを痛感致しました。

今後近いうちに起こると言われている南海トラフ地震津波についても自然の恐さを認識し、避難場所を決めて道路の道筋を把握し、津波に備えることが大事だと思う。

漁業施設は台風には耐えても、津波が来たら全滅だと思う。

また、陸に揚がっている漁業資材はできるだけ高い丘に置く様にしたら良いと思う。海の近くに置くと波に流され、海掃除が大変になる。

自然の恐さを認識しながら海と係わり合っていれば、海はまたそのうち私共に恵みを与えてくれると思っております。

私は海が大好きです。

海と六十五年間係わり合った私の心情を書きました。

須田　政治

故郷を想う

東日本大震災、福島第一原子力発電所の事故により避難を余儀なくされ早六年目を迎えました。

生まれ育った故郷は、放射線量が高く居住できない帰還困難区域となっており、いまだに仮設住宅暮らしの日々と、これからの生活の不安と生業の再開さえ見通せない状況となっております。

幸いに、我が山間部においては、震災による被害はほとんど無かったのですが、太平洋岸に押し寄せた巨大な津波が、町並み、家屋、全てを飲み込み破壊すると共に、第一原発の爆発による放射性物質の拡散が大きな要因でした。

当時、電気が一時不通となり、すぐに回復しましたが、テレビが見られない状況で情報が一切入りませんでした。唯一、町の防災無線による放送が聞こえましたが聴き取り難く、屋内退避か自主避難かのようなお話でした。

何処で、何が起こっているやら、何も分からず（後に知る、三月一一日、第一原発・冷却制御不能・半径3キロ圏内避難指示、3〜10キロ屋内退避指示、一二日、1号機・水素爆発・20キロ圏内、避難指示）両親と近所の叔父さんに先に避難するよう伝え、私は牛達が心配で牛舎へと向かいました（一四日、3号機・水素爆発）。

何故、どうして一緒に避難しなかったのかと思われますが、我が家では牛を飼育していました。家族も動物も守ると云う気持で、避難すれば残された牛さん達が餌が食べられない、水がなければ喉が渇いて、何れは野たれ死にしてしまうと云う思いで自宅を離れませんでした。

集落のほとんどの方は一週間内には避難され、私は牛さん達の面倒を見続けながら何日か過ごしましたが、一向に住民が自宅に戻る気配も無く心配となりました。食料も少なく不安を感じながら、留まるか、諦めるか、色々な思いが巡る葛藤のなか、牛さん達に事の重大さを諭し、涙ながらに別れを告げ四月五日を最後に離れました。

避難まもなく二二日から20キロ圏内が警戒区域となり立ち入りをすることが出来無くなり、五月一二日には、警戒区域内の家畜の殺処分指示、諦めと悲しみを幾重に背負わされた絶望感に、全身の力が抜け落ち呆然と佇むばかりでした。

現地の意見を聞く事無く、すべての家畜を所有者の同意の下、安楽死による処分とは何ですかと怒りを覚えました。

私には殺処分の理由が判らず、この決定については絶対に我々は受入れ難く同意できません。所有者に立入り許可を与えない、原発事故の為に、管理出来ない為に野放しとなった事を家畜の責任、罪として処分を進めようとする行為は、如何なものか。殺処分ではなく、その前に生かす方法を考えるべきで、この価値が無い牛さん達も、何らかの役目、社会に対し貢献できる。次世代への教訓と記憶・記録を残すための施策を執るべきではなかったのか。

例えば、農地の保存・管理、放射線の影響調査・研究等、色々な取り組みがあって然るべきと思っていましたが、殺処分の撤回はありませんでした。

後の行政の説明では、家畜の経済価値が無い、汚染されている、風評被害、家屋に侵入、野生化して危険である等の理由から、所有者の同意の下、家畜に対し苦痛を与えない方法による安楽死処分でした。

先祖伝来、受け継がれてきた家と田畑と自然豊かな環境で、米作りを中心とする傍ら、牛を育てる生活を営み、育み、繁栄をもたらされた集落が、原発事故のために帰還困難区域となり、帰還できる日が何時来るのか、遠い先の事なのか、未だに不透明です。

この様な状況のなか、牛さん達は希望の光を消すこと無く原風景を保ち、農地の管理を担い、草を食み、季節を見つめ、私たちが戻る時を待ち続けています。

誰も居ない夕暮れに、子牛さん達が無邪気に戯れる姿を思い返しながら、安楽死ではなく、活かすことを決断したことは間違いではなかったという気持ちに胸が締め付けられると共に、涙がこみ上げる想いでした。自分自身を育んでくれた故郷を牛さん達が守り、次の世代に引き継がれることを望み願います。

渡部　典一

もう二〇歳になったよ

あんちゃん、お久しぶりだね。元気にしてた?

突然だけど、実は私、今からバイト先の飲み会に行くんだ。昔さ、あんちゃんが仙台で飲み会ある時にはうちに泊まってさ、みんな寝てる夜中にこっそり帰ってきてたっけね。そして翌朝冷蔵庫の横に隠れてて、起きてきた綾香と翔太を「わ!」って驚かすのがお決まりだったな〜 なんて思い出しながら、今手紙を書いています。

私ね、もう二〇歳になったよ。弟の翔太なんて小学五年生。想像できる?!

あんちゃんがいない間にこんなに成長しました。どこにいるの? もしかして外国とかで暮らしてる? それともまだ海の中? ずっと黙ってちゃわかんないよ、みんな会いたい気持ちを心の奥にずっと抱えたまま、でも表には出さずにそれぞれの毎日を生きています。

じいちゃんとばあちゃん（伯父の両親）は今も二人で志津川で暮らしてる。相変わらずじいちゃんはお酒飲むし、ばあちゃんとケンカもしてる。でも二人とも元気だからね。今年の夏にやっと新居が完成して仮設から出られたんだ！　震災前の家とよく似ていて、初めて入った時は涙があふれたなあ。カーテンとか選んだの、翔太なんだよ、なぜか（笑）。あと、あんちゃんの部屋もあるんだけど、使わないの？　綾香住んじゃうよ？　いいの?!（笑）

仙台の我が家もみんな元気。ママ（伯父の妹）は家事で忙しいのに綾香たちのためにまたお仕事を頑張ってくれてる。パパも相変わらず元気。よくみんなのことを車で志津川に連れてってくれるんだ。翔太はね、宿題も頑張りながら、テニスやゲームに没頭して楽しんでる。私は今大学で言語と文化を学んでる。もちろん音楽も、ウィンドオーケストラでクラリネット続けてるよ。みんな変わってないでしょ？

でもね、六年前のあの日から、みんな泣くことが多くなった。私も、さらに泣き虫になった。今でも夜中こっそり泣くこともある。自分の無力さ、みんなの涙が悲しくて。昔過ぎて、あんちゃんと何話してたのかどんな声だったのかもあまり覚えていなくて、無音の映像でしか思い出せないことが苦しくて。

でも私はあの日以来決めたことがあるの。「あんちゃんになろう」って。私にとってあんちゃんって、尊敬する人だったの。故郷に残って働いたり、様々なところに出かけて物知りで、みんなに好かれてて。そしていつも私たちを支えていた。だから震災後、あんちゃんがいない中、悲しむみんなを励ますのは、他のどの兄弟・従妹でもなく自分だって、隣で泣くママを見て根拠のない自信を持つようになった。そしてそこから私の人生は変わったんだよ。まだ全然かなわないけど……あ、でも英検はあんちゃんの記録をとっくに超えたよ、それだけは勝ったよ〜！（笑）

あんちゃんが〔南三陸町の〕防災庁舎で避難をよびかけながら流されたと聞いて、「いや、逃げてよ！」って思った。きっとあんちゃんやほかの職員のおかげで助かった人も多いだろうけど、なんか複雑だった。だから私はこの教訓を生かさなきゃと思ったんだ。『職員、自衛隊、消防士……人の命を守る職業に就く人々の命まで守るために、私たちはどうあるべきか』高校時代から変わらないこのテーマをもとに、米国でプレゼンしたり、防災活動したり、女川でインターンしてみたり、自分なりにひたすら頑張ってきた。貴重な経験や出会いもあって、私の人生は変わったの。あんなにいじめられっ子だったのに、今はこんなに積極的。人を信じるのが怖かったのに、今は大切に思えるひとがたくさんいる。全部あんちゃん、そして家族のおかげだよ？
もちろんあんちゃんの死は何より辛いし、震災があってよかったなんて一生言えない。でもあんちゃんがこうして私と素敵な人・場所・経験につなげてくれたと思っています。

だから今後も頑張ろう、五年間そう思ってたけど、私は自分が思うほどやはり強くなかった。この前ね、自分が抱えるものや問題に耐えきれなくなり、爆発しました。泣き叫んで暴れて、親に今まで言いたかったこと全部叫んだ。そしたらわかってくれて、「気楽に生きていいんだよ」と言ってもらえて、すごく楽になった。一番身近な人に言えて、生きやすくなった。震災のことから外れて生きるのはいけないことだって、いつからか思っていたようで、それが時に苦しかった。だからもう一度関わり方や向き合い方を考え直してみよう、と思うようになったんだ。そんな時に大学の教授からこのプロジェクトの話を聞き、あんちゃんにみんなの近況を伝えるため、そして七年目の私の決意のためにと、参加することに決めました。

これ以外にも数々の転機があった二〇一六年。一番震災のことを考えた一年。私は改めて「あんちゃんになろう」と決意するよ。でも意味は少し違う。「あんちゃんのように、遺されたみんなを幸せにしていこう」って。今はまだこれを読んだらパパママたちは笑い転げるくらい迷惑と心配ばかりかけてる自分だけどさ、これからはしっかりしていこう。それが私の震災・亡くなった人や町との関わり方です。意志が弱いかな、逃げてるかな、私の夢にだけあんちゃん一度も出てこないから、怒ってるのかなとも不安なんだ。でも誰に何を言われようとも、背伸びせずに私は私なりに頑張って、今は想像もつかないような幸せな世界をいつか家族に見せるからね。待っててね。

本当はママやおばあちゃんにも手紙書いてほしかったけど、きっと泣かせちゃうからやめた。でもみんな言いたいことたくさんだろうし、会いたいと思う。だからどうか、いつもみんなのそばで見守っていてください。じゃあまたね。いつもありがとう。

綾香より

夢でしか会えない聖也へ

「玄関の鍵、締めて行ってね」……私が出勤する朝、愛犬エッグ（ポメラニアン）を抱っこした聖也と交わした最後の言葉です。あれから五年半が過ぎましたが、今もあの聖也の言葉がはっきり耳に残っています。たまたま金曜日が休みだった聖也は、二七歳で天国へ旅立ちました。

語学習得のため九月にはニュージーランドでのワーキングホリデーに行くことを決めていた聖也は、西宮市の大学を卒業した後いったん就職するも、転職した会社が倒産したため、不本意ながら自宅（閖上）に帰ってきました。短いながらも大阪と東京で働いた聖也は、自分には社会で通用する資格や能力がないと思ったのでしょうか、帰省中はワーキングホリデーの費用を稼ぐため派遣社員として働き、昼食もろくに取らずに昼休み中はスピードラーニングを聞いて英会話を勉強していたと弔辞で知りました。また、帰国後のことを見据えて独学でファイナンシャル・プランナー（FP）3級の資格を取り、あの日は2級の受験料を納めに行く日でした。

聖也がエッグの散歩を終えて家族三人で朝食を取りましたが、あの日はホワイトデーを間近に控えていたせいか、いつもより聖也の会話が弾んでいたような気がします。朝食をそそくさと終えると、聖也はママにいちごケーキの作り方を教えてもらっていましたね。バレンタインデーのお返しなんだと直感しましたが、いちごケーキが間もなく完成するのを楽しみにしていた聖也を思うと、本当に可哀そうに思います。少しからかい気味に「ちょっと味見させて」と言うと、予想した通り「ダ～メ！」と返事しましたね。でも、あの聖也のウキウキした姿を見て何かとても嬉しかったよ。はじめて、大人になった聖也の恋？　が実ることを親バカながらそっと願っていました。

また、聖也が免許を取っても親許を離れて暮らしていたので、運転する機会が少なかったよね。それでも学生時代に帰省するたびに、「習うより慣れよ」に倣ってママのプレミオを二人で共有しながら仲良く乗っていたね。津波で全てを流失してしまったので、今は聖也の遺品と思って大事に乗っています。

あの日、朝食を終えてからFP2級の受験料を納めるため、プレミオを置いていくかどうか三人で話し合いました。結局、ママ想いの聖也の「ママがいつもの時間に帰ってくれば間に合うから」の一言で、自宅に車はありませんでした。もし車があったら、聖也はどうした？　これも後で知ったことですが、近所のおばあちゃんたちに「大丈夫ですか？」って声をかけていたそうですね。最後まで本当に優しい聖也だったと自慢に思っています。でも、何で逃げなかったの？　エッグが興奮して吠えていたから？　津波が来ないと思っていたから？　……あるいは車がなかったから？　ママはあの日、車を置いていかなかったことを今も一番悔やんでいます。「車さえあれば聖也は死なずに済んだのに！」と時々聖也を思い出しては涙しています。

私は一人っ子だった息子を中学生まで厳しく躾けました。そのためなのか震災後の夢に出てくる息子は、いつも小学生や中学生の頃ばっかりです。震災直後は、高校時代や社会人の夢もありましたが、震災から時間が経つにつれて、どういう訳か私が厳しく躾けていた頃の息子が夢に出てきます。夢の中でも「これは夢なんだ」と認識しながら夢見ていますが、それでもまだ夢で息子を叱っている自分が大変情けなく思います。「聖也、ごめんね」と夢から覚めるたびに手を合わせていますが、厳しく育てたことを「聖也はどう思っているんだろう」と今更ながら自問しています。

二年前の一〇月末に山形県上山市にある久昌寺を訪ねました。東北学院大学の留学生が異文化体験（座禅）を行うため、ご住職と最終確認するためです。私が訪ねた時は東京から檀家の母娘がご住職と面会中で、私が入室するとその母娘は大変驚いたそぶりを見せました。そして、少し時間が経過した時に「旦那さんの後ろに息子さんが立っています」と告げられ、つづいて娘さんも「私にも見えます」と同じことを言うので、思わず鳥肌が立ちました。その母娘は霊感がとても強いらしく「いつも心配でついて回っている」と息子さんが言っていますと教えられ、厳しく躾けた父を「心配でついて回る」聖也に何でもっと優しく躾けなかったのか、何でワーキングホリデーの費用を援助して上げなかったのか、本当に悔やんでいます。聖也、ごめんね。

私は夢の中で息子に話しかけていますが、息子は一度だけ声を発し、それ以外はいつも無言の夢です。息子が声を発した夢は、二〇一一年四月三日（日）に火葬した日だったか、それとも四月二四日（日）の葬儀の日だったたか、その夢は成人した息子でした。その夢でも私は「これは夢なんだ」と夢の中で認識しながらも、息子が「これから行くところがあるから、じゃあね」と一言言って私の前から立ち去った夢でした。聖也、行くところって何処なの？

それから、ここ二〜三年は同じような夢を見ます。東北学院中学校の部活でバスケット部に所属していた頃の夢ですが、息子は元気いっぱいにコートを走り回っています。また部活を終えてチームメイトと仲良く談笑している聖也を見て「こんなに元気なのに、何で癌なんかで死んじゃうんだろう?」という夢です。そして「あれっ？　聖也は東日本大震災で亡くなったんじゃないの?」と夢から覚めますが、夢では元気でも、その先にはいつも「聖也の死」に結びつく夢です。それでも「聖也に会えた」と思って静かに仏壇に手を合わせています。

今は夢でしか聖也に会えませんが、聖也からはパパやママが見えていますか？　エッグと仲良くしていますか？　もうすぐ聖也の誕生日ですね。一二月一日で三二歳になります。もし聖也が元気だったら、ニュージーランドでのワーキングホリデーを終えて今はどんな仕事に就いていただろうか？　それとホワイトデーにいちごケーキをお返しするはずだった女性（ひと）と結婚していただろうか？　聖也は何もかも知っていると思いますが、実はその女性が弔辞を読んでくれました。東日本大震災が起こっていなければ……聖也が一番悔しがっていると思います。

住み慣れた閖上を離れて、千葉先生ご夫妻のおかげで今は三条町でママと二人元気で暮らしています。老後のことを思うと不安でいっぱいですが、聖也と一緒に暮らした二七年間の思い出を胸に、ママと仲良く暮らして参ります。元気な姿の聖也には会えませんが、夢でまた聖也に会いたいと願っています。パパの思いをこの手紙に綴りましたので、今夜からはこれまでとは違い、ハッピーエンドで終わる夢が見られそうです。夢でしか聖也に会うことができませんが、どうぞ聖也君、時々でいいから夢で会いに来てください。

パパ

真衣への手紙

真衣、いまどこにいるの?

もう五年半も帰って来ないから心配しています。

真衣のところに行きたいけど、簡単には行けそうも無いので手紙書きます。

たまにさ〜、真衣が夢に出てくるんだけど、六年生のままなんだよね。ちっちゃくて、丸顔で、ちょっと出っ歯で。

もう18歳だよねー。あと半年で高校卒業なのに見た目は小学生かい。

分かると思うけど星奈(姉・セナ)は高校卒業して専門学校行ってる。今20

歳。来春から東京に行くんだって。

澪（妹・レイ）は大川小学校には入らなかったけど、別の小学校に転校してきて、今六年生になったよ。

澪は六年生になってあの時の真衣と同じになりました。

来年の3月11日で追い越されるよ。

逆転なんてあんのかよ。

ママはねー、いつも元気だよ。怖いくらいに。

パパはねー、タバコを止めました。

前は止めたりすったりを繰り返してたけど、今はもう大丈夫。きっぱり止めました。


あとねー、庭に作ったバスケットボールのゴールだけど、高さはミニバスのままだよ。中学に入学する前に高さを上げようと思っていたけど、そのままにしてあります。

たまには遊びに来てシュート練習でもしたら。ボールも置いてあるから。

二人で練習したのが懐かしいね。

パパはねー、二年前まではある中学校でバスケを教えてました。

他のミニバスチームからも声をかけてもらったけど、やっぱりミニバス女子は出来ないな。

なんか泣けてくるし悔しくなるからね。

うちのチームのメンバーを思い出してしまいます。

だから中学男子と二年間楽しくバスケしてました。


現状報告はこんなもんかな。

真衣に会いたい。

もし会えたら聞きたいことがいっぱいあります。

震災のとき校庭へ避難してから51分寒かったかー？

何回も地震来て怖かったかー？

津波が来たときも怖かっただろうなー。

津波が目の前に来たときどんな思いをしていたんだろうと思うと、悲しく悔しくパパも狂いそうになります。

あの時に迎えに行っていれば。って毎日毎日後悔してました。


何で校舎を出てから山に向かって逃げたのに、校庭に戻って来たんだよ。もう。

大川小のみんなは良い子だから、先生の言うことを聞いて守ったんだよね。

亡くなった先生たちを責めたりはしないけど、悔しいね。みんなを助けて欲しかった。

もうひとつ教えてください。
3月13日の真衣を見つけたときだけど、そのときにパパに教えてくれたの？
「ここにいるよ」って教えてくれたの？
捜索終了の夕方に「この下にいるからもっと掘る」って行ったら周囲の人は
「もう居ないって」って言われた。でもパパは「絶体いるよ」って言って掘
っていたらみんな協力してくれて、そこで真衣の足が見えたんだ。
あのときは真衣が「パパ、ここにいるよ」って教えてくれたんだよね。
土は付いていたけどきれいな顔して、メガネもしていた。
ただ、唇は下唇をかみ締めた状態でした。
苦しかったのかな。
ごめんな。苦しい思いをさせてしまって。
家に連れて帰りたかったけど、他の六年生や下級生と一緒に道路にシートを

敷いて寝かせて帰りました。ごめんなさい。
半年後に真衣のランドセルを自衛隊の人が見つけてくれました。
見つからなかったのは自転車。
見つかったら持ち帰って直そうと思ったけど見つかんなかった。残念。
真衣が好きだった大川小学校の校舎は、震災遺構で遺すことになったからね。
壊さないからね。
真衣の名前シールや、みんなの名前シールが貼られているところも壊さないからね。
みんなの教室も壊さないからね。
でもねー、体育館は津波で破壊されちゃった。
残念だけどミニバスの練習は出来なくなったよ。

きれいに残せるようにパパたちみんなでがんばるからね。

ねー真衣。
たまに澪がね、真衣そっくりの顔になったり、そっくりの声になるんだけど、
その時って近くに来ているの？
そんな時って真衣と一緒にいる気分になったりします。
そのときは悲しいんじゃなくて嬉しい気分です。
なんか変だね。

じいちゃんとばあちゃんも側にいるの？
ケイタとユリも一緒にいるの？
（真衣の祖父母といとこ兄妹も津波の犠牲で亡くなっています。妻の両親と妻の弟の子供）

真衣はおねえちゃんなんだから、ケイタとユリと遊んであげてる?
頼んだよ。

あとねー、こっちにいる人を守ってくれることが出来るんだったら、ママと
星奈と澪に悪いことが起きないように守ってください。
パパは大丈夫だから。
真衣の面倒になんかならないよー。

真衣のところに行きたいけど、まだまだ行けそうにありません。
だから、もっといっぱい夢で真衣の姿を見せてください。
今は記憶の中の真衣だけど……。

パパより

愛しのくう太・ぶり太・ルルへ

愛しのくう太へ♡：）
くうたん、元気？　天国で、ルルとぶり太と仲良くやっていますか？
石巻までなかなか会いに行けなくてごめんね。
だけど、いつもちゃんと心の中で想っています。
くうたんも、天国から私たちの事、見守っていてね！

友花里より

ぶり太へ

ぶーちゃんと初めて会った時のこと、今でもはっきり覚えてます。

生まれて二ヶ月。まだ小さくて片手に収まった。大きくなってもあまり体が丈夫じゃなかったぶーちゃん。

私が帰ってくるとピィピィ鳴いて、喜びを表現してくれました。

お外ではワンワン吠える子だったけど、お家の中では猫みたいにおとなしかったね。

生きてたら11歳。

まだまだいろんな所に連れて行ってあげたかった。

あんな大きな地震と津波……。

怖かったよね。

助けてあげられなくてごめんね。

天国でくう太やルルと仲良くやっていますか？

ごはん、いっぱい食べてる？
たまには夢に出てきてほしいです。

愛弓より

ルルへ

ルル、今どこにいますか？　何をしていますか？

突然ルルに会えなくなって、五年八ヵ月も経ったよ。ひょんな事からルルに手紙を書くことになって、ルルに出会ってからのことをしみじみと思い起こしているよ。ルルに出会ってから会えなくなるまで、僅か8ヵ月だったね。

七夕の日の朝、ひょっこりと私の前に現れて訴えるように私の顔を見上げたルルのまなざしを今も強烈に覚えているよ。思わず「どうしたの?!」と言うと、すぐに私のぶっとい足にスリスリしてきたね。ビックリしたよ。昔、おじいちゃんが三匹の猫を飼っていたけど、ルルのように人懐っこいのは一匹もいなかった。だから本当に驚いたよ。

うちにはキャットフードがなかったから、ぶり太とくう太のご飯をあげたら「ん～ん！　ん～ん！」と、アニメで聞くような声を出しながら一気に食べたね。その声にも驚いたよ。

朝になって、お父さんが窓を開けると植木鉢の陰から顔を出して、毎朝ニャー！と元気に挨拶したね。

アニマルクラブのアベさんが、サンファンパークの里親探しに連れて行ってくれる事になった時「名前をつけて下さい」と言われて、とっさに「ルルにします」と答えたよ。

もしも貰い手がなかったらずっと一人で外で生きて行かなきゃいけないから、風邪をひかないように風邪薬の名前をつけてしまったの。友達や家族に笑われてしまったけど。

結局ルルは、くう太とぶり太の仲間になってしまった。猫を飼ったことのない私は戸惑いの連続だったよ。とくに真夜中に神棚に上って悪戯するのにはホトホト困ったよ。覚えてる?

でもね、ルルはとても可愛かったよ……私が出かける時は必ず玄関まで来て両手を揃えてお座りして見送ってくれたね。独占欲の強いぶり太には一目おいて、くう太と頭をくっつけてご飯食べたね。

冬が来て、お父さんが炬燵でテレビを見ると、お父さんのお腹の上でそれはそれは気持ち良さそうに眠っていたね。いつもいつも夜は私の布団の上で三匹一緒に寝たよね。夜中にふと目を覚ますと、ルルは私の枕の横でこっちを向いてまぁるくなってスヤスヤ眠っていたね。本当に可愛かったよ…!

桜が咲く前に嵐のように突然悲しみがやって来た。

ルル、あの日はね、日和山公園のお天気カメラの下から目を凝らして、ルル達がお留守番をしている家の方を見つめたよ。津波が中瀬の先端を襲って次第にうちの方へ進んで行くのを息を凝らして祈る思いで見つめたよ。家がゆっくりと傾いて行くのがぼんやりと見えたけど、降りしきる雪と涙であとは何も……。ごめんね。助けに行けなかった。本当にごめんね。どんなに怖かったでしょうね……

蛇田中学校でね、とてもお世話になってね、毎日バナナとかおにぎりとか和菓子とかをいただいたけど、ルル達の事を思うと可哀そうで可哀そうで、少しも食べられなかったよ。

うちの後ろの家に住んでいた福原のおじいちゃんのお位牌が館山の登り口あたりで見つけられたと聞いて、お父さんと行ってみたよ。それから近所の高橋さんが、八幡町のバイク屋さんの近くで見つかったと聞いたから、そっちも二人で探しに行ったよ。でもどこもガレキの山で探し出せなかったよ……友花里もね、一生懸命探しに行った……

日和山公園で、四日目に友花里がボランティアの人達と私を見つけに来てくれるまで一人で心細かったけど、あそこから見上げた夜空は忘れられない位美しい満天の星空だったよ。こんなに星があったのかと寒さを忘れて見とれてしまう程。きっと、ルルもくう太もぶり太もあの無数の星の仲間になったんだよね……。

時々夜空を見上げるけど、仙台はマンションの明かりが多くて少ししか星は見えない。また日和山で、あの時と同じような星空を見たいよ。そしたらルル達に会えるような気がする。

それが叶えられたら本当のお別れができるのかもしれない。それまでサヨナラは言わないよ。

寒くなったから風邪をひかないようにね。

お母さんより

大好きなお父さんへ

あの日から六年がたちましたね。お久しぶりです。今回のこの企画ではじめてお父さんに手紙を出します。私は今大学一年生になりました。お父さんがいなくなった六年の間にたくさんの出来事がありました。学校のこと、部活のこと、友達のこと。もう何から話していいか分からないくらい、話したいことがたくさんあります。

そんな六年間を過ごしてきても、私はあの日のことが忘れられません。

あの日私は卒業式で早く帰ってきていましたね。いつものように仕事場にいるお父さんに「ただいま」といってリビングにいましたね。もう少ししたら小学校に行って友達と遊びにいこう。そんなことを考えていたらあの地震がやってきました。最初は何が起こったか分かりませんでした。ただ、いつもの自分の知っている地震とは違う。そんなことを考えながら、物の落ちないトイレに逃げ込んだのを覚えています。地震がおさまり、トイレから出てきたら全ての物がぐちゃぐちゃになっていて、そこを踏み分けながら歩いているお父さんがいました。お父さんは「すぐに役場に逃げろ。俺は消防団の方にいく」。それがお父さんの話している最後の姿だったかも知れませんね。

私達が車で逃げる時、消防団のハッピを着たお父さんの後ろ姿が見えました。私はその背中が忘れられません。これは、今でも一番後悔していることですが、なんでここで行くのを止めなかったんだろう。一緒に行こうって何で言えなかったんだろうと何回も考えました。それが言えていたなら、今もお父さんと一緒に過ごせていたかも知れません。

弟やお母さんとは合流することができたのに、お父さんだけがいつまで待っても帰ってきてくれませんでした。そのときは不安しかありませんでした。何人もの人からどこどこの避難所でお父さんを見たと聞き、その度にもしかしたらって希望を持っちゃってすぐに悲しくなり、何も信じたくなくてお父さんの携帯電話に電話やメールをし続けていました。でも、何日、何ヵ月と過ぎるうちに現実を認めていくしかありませんでした。

浪江を離れ、私は転校して福島市の中学校、高校に通いました。中学校ではできなかったけど、高校では小学校から続けていたソフトボールをまたやることができました。ソフトを始めたきっかけも、お父さんが野球をやっていたからでしたね。私の中では野球をやっていたお父さんはとてもかっこよく私の憧れでした。そんなお父さんみたいなプレーがしたい。その一心でソフトを頑張りました。あまり家族で外出した思い出が私の中ではなく、お父さんとの思い出の多くが仕事の合間をぬってキャッチボールをしたり、素振りの指導をしてくれたりしたことです。試合にも見に来てくれましたね。高校時代も同級生の保護者が応援にきている姿を見ると思い出すこともあり、お父さんだったらこの場面はどうだったというのかなと考えてしまう時もありました。そんな時もあったけど、三年間ソフトをやりきることができました。あの頃と変わらずファーストをやれて、大好きなチームの人たちとソフトがやれて、本当にソフトを続けてきて良かったと今でも思っています。

最初にも書いた通り、お父さんに話したいことはたくさんあります。でも、まだ帰ってきていないお父さんにはどこに話しかけていいか分かりません。お父さんは今どこにいるんですか？　一番に聞きたいことはそのことです。死亡届も出してお墓にも魂を入れたと言われても、私はやっぱり分かってはいても実感はわきません。また近くのコンビニにたばこを買いに行っているのかなと思いたくなります。

震災がなければ今はどうなっていたんでしょう。ずっと今まで通り生活できていたんでしょうね。昔に戻りたいと思う時もあります。でも、震災があったから出会えた人もいるし、変わったこともあります。私のやりたいこともできました。それは、将来人の役にたち、助けになれる仕事がしたいと思うようになりました。こうなりたいと思うようになったきっかけも、お父さんです。

お父さんは、震災の時住民の方たちの誘導をやっていたと聞きました。あとから「あなたのお父さんの誘導があったから助かった」と言われたこともありました。これは知り合いから聞いたのですが、お父さんは消防団の車に乗って避難しようとした際、川の氾濫で溺れていた人を代わりに乗せて、後から来る車と合流すると言って残ったそうですね。それを聞いたときは正直、溺れている人がいなかったらお父さんは帰ってきていたはずだと考えていました。でも人のために行動をとったお父さんの話を聞き、私はとてもすごいと思うようになりました。

将来に向けて今は勉強を頑張り、自分のやりたい職に就いて、これからもお母さんや家族を支えていきます。私はお父さんに自慢の娘と思ってもらえるようにこれからも頑張ります。だから安心してどこかで見守っていてください。そして、いつかは帰ってきてください。私達家族はいつまでもお父さんが帰ってくるのを待っています。

今回、このようにお父さんに手紙を書けたことで自分の気持ちに素直になれた部分もあります。頭の中で考えるだけではなく、またこうやっていつか手紙を書き、お父さんに届けばいいなと思っています。

紀江

津波で失われた「ものたち」へ

平成二三年三月一一日（金）14時46分頃、マグニチュード９・０の地震、震度６弱（宮城県内最大震度７）、15時15分過ぎに津波第一波が襲来、志津川市街地で波高16ｍ（町内最大波高20ｍ）、死者行方不明者８４０名、建物被害は全半壊以上３３２１戸（62％）、避難者数約１万人、東日本大震災で南三陸町も壊滅的な被害を受けた。

志津川の中心部にある南三陸町役場、防災庁舎の北側50ｍのところに私のお店があった。有限会社雄新堂、パンと和洋菓子を製造販売している。創業明治四二年、阿部久米治が菓子久米（久米さん）として菓子の卸業を登米で始めた。二代目阿部繁が志津川にて卸業を続けながら店舗を構えた。阿部雄季が三代目を継いで間もなく昭和三五年五月二四日チリ地震津波で被害を受けながらも、昭和四八年には卸業をやめ店舗のみでの営業に切り替える。

私は幼い頃から祖父母や周りの人から『お前は店を継ぐんだよ』と言い聞かされてきたせいか自分自身何の迷いもなく、学校を卒業と同時に昭和五八年三月仙台市泉区南光台にある「有限会社ランブル洋菓子店」に入社。住み込みでの修行が始まり、朝から夜までとにかく仕事を覚え、早く一人前のパティシエになりたいと一生懸命働いた。謙遜するわけではないが決して優秀な弟子ではなく、どちらかと言えば問題児だったような気がする。そんな「ランブル」で四年半の弟子時代を経験した後、他に二軒の菓子屋さんでの経験を経て、雄新堂の四代目を継ぐべく志津川に帰郷。

平成元年に店舗をリニューアルし地域の方々に「美味しい」と喜んでいただける菓子作りを目指し作業に従事した。平成五年七月に法人化、三代目阿部雄季が初代代表取締役に就任。法人化したことで、社会における責任を更に強く感じた。平成一三年五月三代目死去により代表取締役に就任。

雄新堂の歴史の中で二度の津波被害を受け、今回四代目の私で先代が守り受け継いできたこの店を失くすわけには行かないのはもちろんのことだが、日頃からお世話になっている地域の方々に「食」を通して恩返しができたらと考えている。とはいえ、失くしたものはあまりにも大きく、お金を出しても取り戻せないものが沢山ある。

幸いにも家族はみんな無事だったが、家族の写真や子供の成長の証となる多くの賞状や記念品、心の支えとなるものが多く失われた。特に私にとっては修行時代から書き留めてきたレシピーのノートや「ランブル」を辞める時に社長から卒業記念として贈られたドイツ製の「ナイフ」のフルセットを失くしたことが心に残る。先輩方は修行期間を全うし辞める時には三越でオーダースーツを作ってもらっていたが、私はスーツに興味がなくお断りしたら、高価にもかかわらず「ナイフセット」をくれた。申し訳ないと思ったが、出来の悪い子ほど可愛いということだったんだと思う。

職人にとって道具は自分の体の一部でもある。感謝の気持ちを込めてそのナイフを大切に研ぎながら二十数年間使い、自分の癖がついていた。それにナイフセットには「頑張って菓子作りに励め」と「ランブル」の社長の親心も込められていたと思う。それだけに買って済む問題ではなく何より思いが残るのはレシピーを書いたノートである。「ランブル」に入社してからの自分が携わったお菓子の一つ一つの工程と配合が綴ってあった。先輩の指導を受け作っても中々上手くいかない時もあり、そんな菓子作りのコツも記してあった。

同じような配合でも使う材料で味は変わるし、工程を変えることで食べたときのお菓子の触感も変わる。美味しいお菓子を作る上で大切なポイントである。それだけではない。

職人同士の交流の中で、情報交換として教えてもらうレシピーもある。菓子屋にとってレシピーは最も大切な企業秘密の一つである。それを教えるということは信頼関係があってこそで、何十年経っても大切な友である。菓子職人にとってレシピーは美味しいお菓子を生み出すための大切なノートだし、自分がパティシエを目指してからの人生そのものといっても過言ではないと思う。他にも三代目から受け継いだ和菓子のレシピーも失った。まさに、雄新堂の味、そのものだった。

そのレシピーを津波で流失してからの四年八ヵ月間は、店を再開出来ているが胸にぽっかり穴があいているような感じが続いている。失ったものの大切さ、価値の大きさを改めて思い知らされている。

平成二九年三月三日には、新しい商店街への移転が決まっており、着実に復興はしているが不安は大きい。一度この街を離れた人々がどの位戻って来るのだろうか？　人口が半減した中でこのまま商売を続けていけるのだろうか？　自問自答が続く……。

その中でも、嬉しいことがある。長男が雄新堂を継ぐべく那須塩原にあるパン屋さんに修行に出て三年半になる。あと何年かかるか、もう何軒か違うお店で勉強して、一人前になって戻ってくるのが楽しみだ。それまでは何とか頑張って五代目に良い形でバトンを渡してあげたい。

最後に、東日本大震災で多くの人や財産を失って大変残念だし、悲しいことが多いけれど、避難生活や商いを通して人の温かさや人と支え合うことの大切さを改めて感じた。

人と人との縁を大切にし、この思いを子供たちにも受けつないでいきたい。

阿部　雄一

我が愛するふる里南津島へ

震災、原発事故から五年七ヵ月が過ぎ、今複雑な思いで自分を疑う反面、それで良いのだと慰めながら一日一日が過ぎていくだけ。

故郷・津島は地震では大きな被害はなかった。その為三月一二日東京電力福島第一原発事故により浪江町民は津島に避難、役場機能も全面的に集まる。公共の建物には避難者がいっぱいだった。私たち個人の家にも親せき知人が三〇～四〇名入り、三月一五日まで寝起きを共にした。浪江町民は何も知らずに、三日間一番放射線量の高い所にいた。

ようやく二本松市東和町へ町全体は移動したが、私は福島市渡利小学校へ。そして娘のアパートに。残した牛、犬、猫、池の鯉たちのために津島に毎日通った。しかしガソリンも無く大変な苦労をした。牛の世話の為毎日通っていたのも一日おきになった。畜産組合・JA・町・県・家畜保健所等に来てもらい組合員を集め、どうか牛の移動をとお願いし、一頭一頭のホール・ボディ検査を行った。私も五月二〇日までに二二頭の牛の移動が終わり、ほっとして立ち止まると自分の心に大きな穴が開いた気がした。いったい今どうすればいいのか分からなくなった。

その後放射線量に応じて年間積算線量50ミリシーベルトは帰還困難区域、50ミリシーベルト~20ミリシーベルトは居住制限区域、20ミリシーベルト以下は避難指示解除準備区域の三つに改変され、私たち津島は帰還困難区域とされ、国の環境省の説明会では、津島地区には百年は帰れないと説明された。

とんでもない怒りを覚え、これまでの先祖が作り上げた、残してきた歴史が無くなると思った。

その昔津島は標葉領から相馬領となった。その後相馬の姫様が三春領に輿入りした時、泉田川を境に南側を化粧領として半分は三春領となる。明治二二年小村が合併し標葉郡津島村が出来た。戦後は農地改革とともに満州などの外地から引き揚げ者が入植し一時六〇〇戸くらいになった。

その後、昭和三一年浪江町と三村が合併し、浪江町となり、津島は大字南津島、上津島、下津島、赤字木、大昼、手七郎、羽附の八つの行政区になる。事故当時は430世帯1400人がいた。また津島五山といって日山、中ノ森山、熊ノ森山、大ノ姿山、高太石山がある。そしてきれいな水が流れ、津島赤松が全国的に有名である。

津島の民俗芸能である田植え踊りは、四百年前より伝えられていると聞く。一九七二年一二月に福島県重要無形民俗文化財に指定、国選択無形民俗文化財に指定されている。私は一八歳の時から保存会に入り、先輩の人達より芸を習い、身体で覚えてきた。笛や太鼓の音色で自然と身体は動く。私達の年代で習う人はいっぱいいた。町内はもとより、県内外や各テレビ局にも行き、踊っていた。また東京青年会館にて第五五回全国民俗芸能大会に出場し、文化庁より大変なお褒めの言葉をいただき、大会最優秀賞をもらってきた。その後は後継者育成に力を入れていた所だった。

我が南津島には田植え踊りの他に神楽七芸といって神楽の舞、岡崎、和唐史、毛唐入、亀山仇討ち、らかん舞といった芸や念仏供養が存在した。会員皆楽しく、楽しみながら自分たちで道具を作り、若い人が参加してくれるような活動をしていた。現在会員は全国各地に避難してしまい、県内にいる人達や集まることのできる人達で神楽岡崎を続けている。二〇一五年三月には宮城県仙台市にて国連防災会議の歓迎レセプションで、翌年は一一月一九日浪江町十日市祭にて披露した。

豊かな自然に恵まれ、近所同士が助け合い、山菜や自分で作った田畑のものなどを分け合い・あげる嬉しさ、もらう嬉しさ。部落内に花嫁が来れば皆が集まりお祝い、子供が生まれたと言えばみな集まりお祝い、お正月には新しいお嫁様を御姑様が我が家の娘ですと部落を挨拶に周る。農作業が遅れれば皆が集まり手伝いに行く。良くも悪くも部落内は誰でも分かり助け合っている。また男だけの祭りである山ノ神講、女だけの祭りの野神講というものがあり、各家を周り一日全て語り合ったりした。部落の零歳~老人まで集まり重箱にそれぞれの手作りや自慢の梅酒・濁酒等を持参し私の空き地に皆で桜を植え、公園として毎年四月末に花見をしていた。雨が降れば私の家の中で行った。秋には敬老会、小中高生と一緒に町民が集まり各部落に分かれて大運動会があった。その他さまざまなイベントがあり、皆で助け合いながら生きてきた人々の絆が深い我が津島。一時帰宅で郡界より津島に入ると山・川は変わっていない。しかし人間の手が入らないと何かが違う。ただ申し訳ない。

自分たちは故郷をすて、今新天地で新しい生活をしようとしている。故郷南津島はどうなる？　すてたのではない。国と東電に追い出され、百年もの間帰ることが出来ない。その間私たちの田畑や山林、家、牛舎倉庫、心のよりどころにしていた氏神様や水神様、田ノ神様、山津島神社、観音様、八幡様などすべてが手入れも出来ず放置されたままに。子供たちに引き継ぐことも出来ない。故郷、御先祖様に申し訳ないと思うと、夜も眠れない。

私は親から生業を引き継ぎ、妻と一緒に子育てや農業に従事していた。いらない農地を買い求め農機具の利用度を高めるために農地の整備等に力を入れ、他人様より良いものを出荷出来るよう努力を重ねた。中古農機具より新しい農機具に買い替え、これからという時に夢を見ることが出来なくされた。二〇一六年八月三一日、政府は帰還困難区域の基本方針を決定した。とはいえ、復興拠点を平成三三年までに除染し、整備すると言うが、我々津島の地は荒れ放題。遅すぎる。また、若者は新天地で新たな仕事に就き、帰りたいのは我々六五歳以上の高齢者で、耕地を耕すことすら出来ない。話も出来ず、顔を見ることもなく、体調を崩し、さよならも言えず、見舞うこともなく亡くなった人達を震災・原発事故の関連死という。この五年七ヵ月で多くの人と別れた。どこにあたればいいのか、あたり所がないまま。

今南津島の自宅に帰ればイノシシによる住宅被害、そして草や木は伸び放題。年々ひどくなる我が家、我が故郷、私たちは天災なら諦めもつく。国と東電・原発研究者のずさんな管理や安全より利益を求めてきた行為を、私たちは絶対に許すことは出来ない。戦争を起こした人たちと同等の罪に問われるべきだと思う。

私たちは先の見えない生活をしなければならないし、努力しようとする人たちの意欲を奪ってしまった。しかし生きなければならない。

三瓶　専次郎

ごめんね。ありがとう。

クッキーへ
守ってあげられなくて、本当にごめんね。助けてあげられなくて、本当にごめんね。
2011年3月11日に起こった東日本大震災。住んでいた家、大切な町、沢山の思い出、友達、親戚。私たちから「かけがえのないもの」が無くなった日です。

はじめてクーと出会ったのは、私が11歳の頃でした。小さい頃から「欲しい、欲しい」とだだをこねて、遂に飼っていいことになったワンちゃん。ごはん、お散歩、トイレ、全てのお世話を私がするという約束のもと、お父さんといくつものペットショップを周ったんだよ。4軒目に訪れたペットショップでは、ウインドウの中に小さい小さいダックスフンドの赤ちゃんが2匹いてね。その中でも、真っ直ぐな瞳で見つめてくる赤ちゃんが「クッキー」でした。抱っこしてみると、とっても小さくて、あったかくて、「可愛いなあ。頑張ってお世話したい」と強く思った瞬間だったなあ。

はじめは、グラムを量ってごはんをあげたり、毎日お散歩に連れて行ったり、トイレシーツをこまめに取り替えたり、クーのお世話に対して一生懸命だったなあ。クーも徐々に懐いてきてくれて、すごく嬉しかったよ。

でも、段々面倒くさくなってお母さんにお世話を任せきりになってきて……。そんな無責任な私は、その事が原因でよくおじいちゃんやお父さんに怒られていました。

でも、クーはいつでも私の味方だったね。私が怒られてるとすぐさま駆けつけてきて、「美希の事、怒らないで！」と言わんばかりにワンワン吠えてくれたね。……何だか私の事を守ってくれているようで嬉しかったよ。

クーとの思い出、他にもいっぱいあるんだ。私が泣いてると、「どうしたの？　泣かないで」と隣に座って涙をペロペロとなめて拭いてくれたクー。

私が帰ってくると「おかえりなさい！　一緒に遊ぼうよ！」とちぎれんばかりにしっぽをブンブン振って喜んでくれるクー。

いつも私の味方でいてくれて、心に寄り添ってくれるクーが本当に大好きで……長生きしてくれればいいなって思ってた。


クーが家族になってから、5年が経った2011年3月11日。私は中学の卒業式が終わって、友達の家に遊びに向かう途中だった。突然「ブーッ！

ブーッ！　ブーッ！」と、緊急地震速報が鳴った瞬間、「ゴゴゴゴゴー！」と今までに感じたことのない大きな揺れが襲った。ただ事じゃないと思い、急いで帰って、家の裏にある高台に避難した。しばらくしてから、別の場所に避難していたお父さん、お母さんと連絡がついて、車で駆けつけてきてくれた。クーも一緒に乗っていたね。お父さんの車に積んであるケージから出して抱き上げた時、震えが止まらなかったクー。ものすごく怖かったよね。私もどうなっちゃうんだろうと不安でいっぱいだったけど、家族のクーは絶対に守ると、ぎゅっと抱きかかえた時だったなあ。

海の向こうから茶色い波がどんどん近づいてきて……私たちが住んでいた家をあっという間に飲み込んで……高台までどんどんスピードを上げて迫ってくる波。「逃げろーーーっっ!!!」って近くのおじさんが叫んでた……けど、足がすくんで動けなくて……気づいたら茶色い波に飲まれてた。足に海藻が絡まって、流木に打ち付けられて、呼吸が出来なくて、「ここで死んじゃうのかな……死にたくないな」「妹は、おじいちゃんは、友だちは、みんなは大丈夫かな」って思いながら、もがくことで必死だった。

幸い、高台の下に落とされたから遠くには流されずに済んだ。お父さんもお母さんも無事だった。でも、私が直前まで抱きかかえていたクーはどこにもいなかった。一緒に流されたお母さんも怪我をして歩けなかったし、第二波がすぐに来るかもしれないから長居は出来ない、とクーを探す間もなくその場から避難した。でも、クーがいなくて本当にパニックだったのは、すごく覚えてる。

1週間後くらいかな。離れて避難生活をしていたお父さんから一通のメールが来たんだ。写真が添付されていてね。開いてみると、ずぶ濡れで地面に横たわっている茶色い犬の写真。首には水色のバンビの首輪。涙が出てきた。あの波を泳ぎ切って、どこかで生き延びているんじゃないかとずっと思ってた。似たような首輪をつけたよそのワンちゃんだと思いたかった。信じたくなかった。自分が生きるので必死だった私。波に飲まれて、息が出来なくて、すごく苦しかった。でも、私よりはるかに体の小さくて、水が嫌いなクーはもっと苦しかったよね。

高台にあったお父さんの車は流されはしたけど、後で確認したら車内に水は一切入ってなかったみたい。中にあったケージも無事だった。

なんで、手を離しちゃったんだろう。なんで、ケージから出しちゃったんだろう。後悔してもしきれないです。ダメダメな飼い主で本当にごめんなさい。いつも守ってもらってたのに。私がクーを守ることはできなかった。

クーがいなくなってからもうすぐ6年がたちます。今も、ダックスフンドを連れてお散歩している人を見ると、「クー、天国で元気に暮らしてるかな

あ」といつも思います。私が天国に行けた時、もしクーが許してくれるなら、
また一緒にボール遊びしたいな。

後悔してもしきれない、あの日の出来事。
でも、いつまでもクヨクヨしてたら、クーに心配かけちゃうかな。

クーの分まで一日一日を大切に、精一杯生きていきます。
クーに出会えて良かった。
クーとの思い出は一生忘れないよ。
本当にありがとう

美希より

おじいちゃんが命をかけて守ってくれたもの

おじいちゃんの後ろ姿を最後に見てから、もう五年以上がたちました。天国では元気にしていますか。おじいちゃんらしく、生きていた時と変わらず、周りを一番に考えて、慕われているのかな。

私たち家族は、私が中学校に入学するときまで転勤族だったから、おじいちゃんとは一緒に過ごす時間はあまり多くなかったね。でも、いつも会うと、言葉では口にしないけど、私たちのことを大切に思ってくれていることが伝わってきた。もともと口数はあまり多くなかったけど、その心の優しさがにじみ出ている、素敵なおじいちゃんでした。

こんな風に書いているけれど、私はこれまで、あまりおじいちゃんと心を通わせることができていなかったなと感じています。おじいちゃんの素敵な部分に気づくのが遅かった。もっとたくさんお話したかったな。当時はまだまだガキだったんだな、と感じてる。

五年前、私は中学三年生だったね。震災から一ヵ月前の二月には、行きたい高校に推薦で合格していた私を祝福してくれたね。

「自分が行きたいところに入れるのが一番だよ」と声をかけてくれたおじいちゃんの言葉に、ほっとしたのを覚えてる。

三月一一日、私は中学校の卒業式の日だった。午前で卒業式が終わり、午後は家で母と二人で、のんびりと過ごしていて、うとうとしかけたその時、大きな揺れに襲われた。とても怖くて、感じたことのないほどの揺れ。必死に机の下にもぐるので精いっぱいだった。

お母さんと、ここにいたら危険だから避難しよう、と高台に避難しようとしたその時、母のお兄さん（伯父さん）の奥さんから「いまから由佳ちゃんちに避難するね」

という連絡があった。伯父さん一家は、伯父さん、奥さん、二人の子供とおじいちゃん、おばあちゃんが一緒に暮らしていた。二人の子供のうち一人は、震災の年の二月に生まれたばかりの子だった。おじいちゃんは、孫との対面にとても喜んでいたね。

そしてその六人が住む家は、代々漁業の仕事をしていたこともあり、海の目の前だった。連絡があり、私たちは家に留まり六人を待った。連絡が来てから一〇分～二〇分程度で全員が到着した。その際、おじいちゃんだけ一人軽トラックで、あとの五人は伯父さんの運転で、普通車に乗ってきた。

我が家に着き、一度全員が家の中に入ったけど、お母さんと伯父さんが、当時小学生だった私の弟を迎えに行くといい、すぐに家を出た。私はそのとき、何度も「高台に避難しよう」と言ったのだが、「大丈夫、大丈夫」と丸め込まれ、結局すぐには避難しなかった。お母さんと伯父さんが家を出てから、私は最後に二人に「気を付けてね」と声をかけようと思い、家の外に出た。その際、おじいちゃんが軽トラックに向かっている後姿を見つけた。私は状況が理解できないまま、その後姿を見つめ、なにか用事を思い出して家に戻った。結局、お母さんと伯父さんにも声をかけないまま。

後から聞いたら、おじいちゃんは「忘れ物を取りに行く」と言って聞かなかったんだってね。それを聞いた母も何度か止めたけど、おじいちゃんが何度引き留められても行くと聞かなかったから、「行くなら海沿いじゃなくて上の道から行きなね」と送り出した。そのときのおじいちゃんの目から、どんよりとしたものを感じた、と母が言ってた。いつもの目じゃない、どこか正気のない目をしてたって。

お母さんと伯父さん、そしておじいちゃんが出かけて、家の中は私、二人の子供、奥さん、おばあちゃんだけになった。その数分後、私は家の中から津波で流れていく家をいくつも見た。このままここにいてはいけないと思い、四人に「逃げよう」と冷静に声をかけ、高台に避難した。お母さんと伯父さんは、私が津波を見た方角に向かっていったため、一瞬嫌な予感が頭をよぎった。

しかしお母さんとは、そのあとすぐに連絡がつき、お母さんも伯父さんも私の弟も無事であることがわかった。

そのあと一晩は、避難所となっていた公民館で過ごした。おじいちゃんとは連絡がつかず、また私には嫌な予感がよぎったが、それを察した奥さんが「どこかで生きているよ」と私に声をかけてくれた。私もそう信じようと心に言い聞かせた。

翌日、母と無事再会したが、相変わらずおじいちゃんとは連絡がつかなかった。おじいちゃんが行きそうな友達や親戚の家も回ったのだが、どこに聞いても「おじいちゃんは来てないよ」という答えばかりが返ってきた。その日もまた、公民館で夜を過ごした。

三日目、当時千葉に住んでいた私の父が、自転車で宮城の自宅まで帰ってきた。その日からは私たち家族四人の生活となり、公民館ではなく自宅で生活を始めた。みんなで食料や水を集め、生きることで精いっぱいだった。

おじいちゃんの死を知ったのは、震災から五日目の三月一六日、16時ごろだった。知らない二人組が私の家を訪ねてきて、おじいちゃんの遺体が見つかったことを知らされた。私はその時まで、「おじいちゃんは生きている」と信じていた気持ちと、心のどこか奥底に「もしかしたら……」というもやもやした気持ちの二つを持っていた。しかし、その知らせを受けた瞬間、頭が真っ白になった。何も考えられず、事実を受け入れることもできなかった。その後すぐに、父と母は「遺体のところへ行こう」と私と弟に言い、四人で遺体のある場所へ向かった。

遺体が安置してある場所につき、そこにあったおじいちゃんの姿は、津波で亡くなったことを想起させないほどのきれいな遺体だった。きれいな、って言い方はおかしいかもしれないけど、本当に傷一つなくて、当時持ってたものも全部見つかった。私は、穏やかなおじいちゃんの表情を見て、おじいちゃんが死んだことをますます受け入れられなかった。横にいたお母さんは静かに泣いてた。

その後の生活は、家族みんなで協力して、三月後半くらいからは伯父さん家族と、私たち家族で私の家で一緒に暮らしたりして。一日一日を生き延びることだけでしばらくは精いっぱいだったけど、毎日みんなと協力して、それなりに頑張ってたよ。

おじいちゃんは、あの時ご先祖様の位牌を取りに戻ったんじゃないかと思ってる、とお母さんから聞きました。うちに来る前に、親戚の家に寄ったんだってね。そのとき、「位牌をいつも守れるようにバッグにまとめてる」っていう話を聞いたって。最初は、家族を安全なところに送り届けて、守るべきものをまず一つ守ってくれたのかな。次にもう一つ守るべきものがご先祖様だったって思ったのかな。結果としては、おじいちゃんはそこにたどり着く前に亡くなってしまって、おじいちゃんが住んでいた家も津波をかぶってしまった。これを聞いたら、おじいちゃんは後悔するかもしれない。だけど、自分よりも家族、そしてご先祖様を守ろうとしたその姿は本当にかっこいい。「自分のことよりも周りを大切にする」っていうおじいちゃんのポリシーがにじみ出てると思う。

おじいちゃんは、震災で亡くなったことを後悔していますか？　私は、あの時見たおじいちゃんの背中に、声をかけてあげればよかったと、一言でも何か話せばよかったと、しばらく後悔していた。でも、お母さんから当時のいろんな話、そしておじいちゃんのこれまでの生き方についての話を聞いて、おじいちゃんが位牌を取りに戻った選択は、なんともおじいちゃんらしい選択だと思った。

おじいちゃんに伝えたいことは、もし自分が亡くなったことに対してのうしろめたさを感じているのであれば、それは感じてほしくないってこと。むしろ、自分の人生を自分らしく全うしたことを誇りに思ってほしい。

一つだけ、謝りたいことがあります。おじいちゃんのお葬式が行われた日は、私が高校に入学して数日後で、ちょうどその日にクラスのみんなで交流を深める時間があった。私はそれにどうしても参加したくて、お母さんに「お葬式に出たくない」とお葬式の前日に言い張った。お母さんとはそこですごく言い争って、今まで見たことのないようなお母さんの怒った表情を目にしたのを覚えてる。結局私が自分の過ちに気づいて、お母さんに謝って和解して、お葬式に出たんだけど、そんなこと言った私や、怒ってるお母さんの表情をおじいちゃんがもし見ていたらとても傷つけてしまうな、とずっと引っかかってた。本当にごめんね。

お葬式に出席して、いきなり「おじいちゃんとのお別れ」を近くに感じて、またあの時と同じぽっかり状態になった。私と弟といとこの子供と、式の最後にお別れの言葉を読んだんだけど、その時、いろいろな感情がこみあげてきて、初めて泣きました。自分自身、おじいちゃんとはもう会えないって現実から、気づかないうちに逃げてたんだと思う。その現実を目の当たりにしたら涙が止まらなかった。

最後に、お母さんのことを書かせてください。おじいちゃんが亡くなって、一番影響が大きかったのはお母さんだと思う。お母さんは、私にもよく話してくれるくらい、おじいちゃんのことが大好きだった。気づいてたと思うけどね。お母さんにとってお じいちゃんは実の父親だし、お母さんの性格を見てても、きっとお父さんっ子だったんだろうなって思う。そのくらい、お母さんにとっておじいちゃんはかけがえのない存在だったのね。

お母さんは、震災後、たまに変になってしまうようになりました。ちょうど状況が落ち着き始めた震災から三年たった冬。突然口数が少なくなったり、なにもしたくなくなってしまう時期があるの。そして「おじいちゃんに会いたい」と、何度も嘆くの。私たちは困惑して、お母さんもいつかいなくなってしまうのではないかととても不安だった。私にとって、お母さんはかけがえのない存在だから、お母さんのそんな姿を見て、とても心配で仕方なかった。

だから、おじいちゃんにお願いがある。お母さんが苦しんでいるとき、私たちも全力で支えるけど、おじいちゃんからも優しい言葉をかけてあげてほしい。「大丈夫だよ」って、生きてる時と同じように、ささやいてあげてほしい。きっとそれが、お母さんにとって一番、安心できる材料だと思う。
おじいちゃんの存在は、私たち家族にとって本当に大きかった。そして今もとても大きい。天国でも変わらず、優しいおじいちゃんでいてね。そして、残された私たちを、見守っててほしい。でも何より、自分を犠牲にして周りを大切にして生きてきたおじいちゃんだからこそ、自分のやりたいことやって、楽しく過ごしてほしいっていう気持ちが一番大きい。

本当に、いままでありがとう。私たちから伝えたいのは「感謝」の一言です。
これからも、家族で手をとりあって頑張るね。
また手紙書くね。

由佳

大好きな父へ

お父さん、震災からもうすぐ六年が経ちますね。お父さんと別れてから、思い出すことが沢山ありました。

自営業を営んでいた父は、仕事が早く終わると、幼少期の私を愛車のトラックに乗せてくれて、いろいろなところへ連れて行ってくれましたね。私は小さいながらも、とても嬉しくて楽しい時間を過ごしたことを覚えていますよ。

私が小学校低学年の頃は、体が弱く、週末になると熱を出しては父におぶってもらい、近くの病院で診察をしてもらう日々でしたね。まるで週末の行事のようでしたね。

学校の遠足で、父の仕事場である魚市場に行ったときは、新鮮な魚と活気あふれる場所で、生き生きと働いている父を見て、友達に自慢しながら、私自身も嬉しくて感動したことを今でも覚えていますよ。

大人になり、私が結婚を決意した時も、誰よりも、すごく喜んでくれましたね。彼は会社員なので、今まで四回ほど転勤を経験しましたが、その度に新鮮な魚を食べやすく調理してくれて、その他にもいろいろな物を宅急便で送ってもらって、どこの地域に住んでいても、いつもおいしい食べ物を食することが出来たと、家族で今でも感謝していますよ。

三月一一日は、娘の中学の卒業式に出席し、思い出に残る式を終えて、家で娘とくつろいでいた時、少し長い揺れが続き、不安を感じながらも娘と一緒だったので、少しは落ち着いて行動することができましたが、津波警報の音声が聞こえてきて、おどおどしていました。

その時、近くに住んでいた私の実家の家族が避難して来ましたが、父は別の車だったので、一緒ではありませんでした。私は兄と、息子を小学校に引き取りに行くことにしました。車に乗車した時に、父が家に到着したので、安心したのですが、父は私たちに「忘れ物をしたので、家に戻る」と言いました。私と父の家族が何度も何度も止めたのですが、父は「戻る」の一点張りでした。私たちも急いでいたので、「いつもの道は、海が近いので別の高台側の道路を行ってね!!」と交わした会話が、父との最後の言葉でした。

あの時、もっと力づくでも父を引き留めていればと、何度も何度も自分を責め続けました。今でも後悔しています。

私達も息子を迎えに行ったのですが、帰り道で津波がすぐ側まで来ていて、その日は家に戻れず小学校近くの兄の友人宅の駐車場で一時的に留まっていました。夜になり、仙台新港の火災発生のため、兄の友人の近隣住民の方はみな別の場所へ避難していることを知り、私たちも息子の小学校の校庭に避難することにしました。三人、車中泊をしながら、不安な一夜を過ごしました。

朝になり、家に戻ることが出来たのですが、昨日とは全然違う光景に、ただただ驚いていました。

みんなに会えたときは安心しましたが、父が戻っていなくて連絡も取れずにいた事が不安でしかたありませんでした。

主人は単身赴任だったので、勤務地である東京の会社から八時間かけて自宅のある千葉まで徒歩で帰り、到着してすぐに自転車に乗り、宮城にある私たちの家まで約二日かけて、帰ってきてくれました。途中、福島で通行止めとなり、迂回を繰り返しながら、変わり果てた街を横目に無我夢中で自転車をこいで、帰ってきてくれました。

到着して、主人は休む間もなく父を探しに行きました。父が車で戻った経路を考え、二人で話しながら毎日探しましたが、父を見つけることはできませんでした。

震災から五日たった午後、家族と自宅にいた時、警察の方が来て、自衛隊の方々が父を見つけてくださったと聞き、安心と無念さを痛感した日でした。

家族四人で父の遺体と対面しました。父の顔を見るまでは正直なところ、信じられないと思っていたのですが、どきどきしながら顔を見て、おもわずビックリしてしまいました。

肌が薄いピンク色で、おだやかな感じでただ眠っているようにしか見えませんでした。そんな父を見て、ホッとした気持ちもありました。

そのあとの二ヵ月は、時が過ぎるのがとても早く、めまぐるしい日々でした。その中でも鮮明に覚えていることがあります。

亡くなった年の五月に、家の中から庭をなにげなく見ていた時、松の下に一匹の蛇を見つけました。

私はおもわず、父の姿と重なったその蛇に語りかけていました。その蛇も私を見ながら、満面の笑みを浮かべながら、「心配しなくていいよ。いつでもどこでもみんなのことを見守っているよ」って言っているように感じました。

最近になって、父があの時言っていた忘れ物とは、先祖の位牌と知りました。自分の身を削ってまでも、先祖を大切にしていた父をますます尊敬し、感謝しています。

私はなぜ、あの時もっと父を引き止めなかったんだろうと、自分を責めて悩んで、体調を崩した時期もありました。

それでも今は、家族の支えや友人たちの話を聞いて、友人たちの言葉で立ち直ることが出来て、毎日楽しい日々を過ごしています。

空を見て、鳥の姿や鳥の声が聞こえると、心の中で「お父さん・おじいちゃん・おばあちゃん、私たちのこと、兄の家族、みんなのことを見守っていて下さいね」と言っています。

人間は、一人では生きていけません。沢山の人と接することでいろいろなことを学び、「友好関係を築く」というのがどれだけ大事なことかということに、今になって気づきました。

「お父さん、お父さんがかわいがっていた孫たちもそれぞれ大きくなって、震災の前月に誕生した孫も今年、ピカピカの一年生ですよ」。

私の心の中で父とはいつまでも繋がっているので、大空から安心して見ていてもらえるように、家族や友人と楽しい人生を過ごしていきますね。

だから、お父さんも空の上でみんなのことを、見つめていてくださいね。

ひろみ

お母さんの自慢の息子 寛へ

普通の生活が、どれほど幸せな事か。

あの日も朝「兄ちゃん弁当置いたから、おくれないで行ってね、行って来ます」「おー」とそのいつもと同じ言葉が最後になってしまった。〝幸せ〟って普通が一番、家族が一人でも欠けてしまったら、心にポッカリあいた穴はもう決してうめる事はできない。

寛が居ない事を受け止める事ができず、何度思った事か、トンネルの中でいつも、このトンネルを抜けたら寛が「おっかぁー、何バカな事言ってんだ、そんな事ないぞ」と話しかけてくるのではと……でも、そんな事はなくトンネルの先にはガレキの山……毎日毎日夢であってほしいと思った事か。

安置所でシートの中で寛の事をお父さんが見つけ「寛だ」と言った時……まるで眠っ

ている様な顔を見て、何度も何度も「起きて起きて」と言ったような気がする。でも目を開ける事はなく、顔も体も氷より冷たく、石よりかたくなっていた。今でもその時のつめたさは忘れられず、決して消える事はありません。

代われることなら代わってあげたい、今でもその気持ちのままです。私はもう生きた。寛、あなたはこれからだった。いろいろな人生がまっていたのに、これからは自分で人生をスタートさせるはずだったのに、たくさんやりたい事もあったのに。

兄弟にとっても社会に出る時、何につけ相談し、アドバイスなどたよりにしていたのに、弟が「オレたちは兄貴を超える事はできない」と言っていた程尊敬し、たよりにしていた、いかに寛の存在が家族にとって大きかった事か。今では二人共決して寛の事を口にしない、(母もそうだが) 口にする事で涙が止まらなくなってしまうから。

家族にとって悲しい気持ちは増すばかり、五年、十年、何十年たとうとも、心の傷がきえる事はありません。

あの日あの時の事がなかったら、今頃自分の人生がスタートしていた事でしょう。幸せになってほしかった。

こうして書く事もすごくつらくなります。

寛　お母さんの自慢の息子、家族のほこりです。今まで何かあっても母を支えてくれました。ありがとう、

これからも、心の声で母を家族を見守り、支えてください。

母より

ずっと三人兄弟

なんでもっといろいろ話を聞いてもらったり、相談をしたりしなかったんだろう。

あの時以来そう思うことがよくある。よく母には勉強でわからないところがあれば「兄ちゃんに聞きなよ」と言われていた。ただ、あの頃の自分は恥ずかしさもあり、なかなか聞きに行くことはなかった。高校受験をするときにもあまり得点が伸びていない教科があったにもかかわらず、聞きに行くことはなかった。もちろん兄ちゃんに役所や消防団の仕事があって、時間がなかなか合わなかったというのもある。仕事で夜帰ってくるころには自分は部屋に戻っていて、あまり話すこともなかった。

あの日の前日もそうだった。その日も兄ちゃんが帰ってくるのは遅く、夕飯を一緒には食べていなかった。夕飯後お風呂に入り次の日の準備をして眠った。朝になり卒業式前の準備やリハーサルがあったため、学校に向かった。兄ちゃんが起きるころにはもう家を出ているため、その朝も話すことはなかった。

いつも通り学校にいたとき、あの地震が来た。避難をするなかで自分の家族は無事であるのか気になったが、家に帰ればいつものように家族がいてくれるだろうと思っていた。夜に同じ部落の同級生の親御さんが迎えに来てくれたため、その日のうちに家に帰ることができた。ただ地震によって家の中が散らかっていたため、近所の人の家に泊まらせてもらった。帰ったときは家族みんながいたわけではなかった。自分の中では「まぁ今はどこかにいて明日になれば帰ってくるんだろうなぁ」と思っていた。

次の日になり、兄ちゃん以外はそろった。ただ、この時も兄ちゃんは役所で働いていて、その仕事がたくさんあり、車がつかえなくて帰ってこれないんだろうなと思っていた。

ただ、いくら時間がたっても帰ってこない。そのうち父と母が探しに行ってくるといい、出かけて行った。一緒に行きたかったのだが「家で待ってろ」と言われた。そのうち二番目の兄も父と母についていくことになった。その時も「家で待っててな」と言われ待つことにした。ただ何もしないでいるわけにいかず、地区の避難所となっている小学校に行き、友達と会ったり支援物資を分けたりした。また、同じ部落の小学生など小さい子を集めていることを知り、そこに自分も行き、勉強を教えたり、一緒に遊んでいた。

そんな風に過ごしていたなかで、父、母、二番目の兄が帰ってきて兄ちゃんを安置所で見つけたことを知った。知ったときどのような気持ちであったのかは、よくわからなかった。ただ、兄ちゃんの葬式の準備などをするようになり、どういうことなのかを理解するようになっていった。家に遺体が運ばれてきたときには、今は寝ていて、起きるとまたからかってくるんだろうなと思っていた。ただそんなこともなく、そのまま葬儀が行われていった。

高校に入学してからは、母からよく言われていたのもあるのだが、役所に入って兄ちゃんにできなかったことをしていこうと思っている。それは今も変わることなく思い続けていることである。

兄ちゃんが四年間過ごしていた東北学院大学に入り、兄ちゃんと同じように市役所を目指しているよ。ほんとはどんな問題が出ていたのかや不安な事を教えてもらいたいことはいっぱいあるよ。なんであの時に少しでも勉強でわからないところを聞いておかなかったのかなと後悔していることもあるよ。けれどもう聞くことはできないんだよね。

兄ちゃんだったら、どこかで見ていてくれているんだろうな。そして「そこは違うだろ、バカ」とか言ってるんだろうなー。そのまま見守っていてほしいな。市役所に入ってからの事も見ていてほしいなー。

今でも兄ちゃんは家族だし、よく、何人兄弟って聞かれることもあるけど、その時はちゃんと三人兄弟って言うようにしている。兄ちゃんがいる事には間違いないから、しっかり三人兄弟の末っ子と。

これからもいろんなことが起こるだろうけど、兄ちゃんにはずっと見守っていてほしいな。

寛剛より

故郷・歌津へ

いつも見守ってくれてありがとう。

いつも叱ってくれてありがとう。

いつも人間としての営みを教えてくれてありがとう。

いつも情け深さをありがとう。

震災前、そんな風に私を育ててくれた貴方が今、大規模な復興工事で変わりつつあります。

貴方の川には深く矢板が刺され、
貴方を形作っていた山は削られ、

貴方が取り戻しに来た浜辺にはコンクリートが流し込まれています。
私たちは反発しましたが、なかなか流れは変わりません。
勝手ながら、私はこのように変わってゆく貴方の姿を見るのが苦痛です。
山、川、海の恵みに抱かれて来た故郷。
私はそんな貴方の姿を少しでも多く次世代へ伝えようと思います。
私たちの姿と想いを見ていてください。
私たちは貴方の為に何ができるのかを考え続けることをやめません。
なぜならこれからも私たちは貴方に抱かれて生きてゆくのです。
どうぞこれからもよろしくお願いいたします。

拓

いっくへ

まさか、こんな形でアナタに手紙を書くなんて、あの頃は思ってもいなかったね。

もうすぐ六年か…

実は、いまだにアナタがもう帰ってこないってことが信じられないよ…

あの頃、毎日他愛もないことを話して二人で笑ってたね。

一緒に買い物行ったり、映画観たり、旅行にも行ったし、二人で飲みに行ったり、楽しかったね。
まさか、こんな事になるなんてね…

最近、アナタの同級生や友だちが結婚したり、出産したという話を聞くと、嬉しくて胸が詰まってしまう。
ついついアナタと重ねてしまってね…

アナタはどんな人と結婚したんだろう。
アナタの子どもはどんなに可愛いかったろう。
と、途切れてしまったアナタの将来を思ってしまいます。

アナタは私達の兄妹の中で、一番遅くに産まれて、一番早くに逝ってしまうんだもの。

順番が逆でしょ！

アナタとは歳が離れてたこともあり、可愛くて、ケンカなんかしたことなかったけど、姉より先に逝くなんてヒドイよ！ 最初で最期の姉妹ケンカだよ！

悔しくて、悲しくて、やり切れなくて、毎日毎日涙が止まらなかった。

通勤時間、車で一人になると、アナタの最期の顔が目に浮かんで、毎日泣きながら運転してたよ。

アナタとの思い出の物も家も故郷も全てが無くなってしまって、何に縋ればいいのかもわからなくて、アナタの携帯番号に電話をかけてしまったこともあったよ。

私にとってアナタは、妹であり、娘であり、友だちだったから、急にいなくなって本当に苦しかった。

でもね、アナタの友だちが、アナタが写ってる写真を集めて持ってきてくれたんだ。

そしたら、どの写真もアナタは笑ってた。

それで思い出したんだ。

私達、いつも笑ってたよね。

だから、私は決心したんだ。

アナタと笑ってたあの場所で、

みんなでまた笑いたい！
だから、私の力でこの場所を取り戻す！

私達がここで笑ってる時は
きっとアナタも上で一緒に笑ってるんでしょ。
私はいつもそう思って、ここで笑ってるよ。

美沙樹は4月から大学生。
美乃莉は高校二年生になるよ。
海莉は中学二年生になるし、
斗夢は五年生。
特に美沙樹はアナタにそっくり！
アナタにとって、最初の姪だったから

一番可愛がってもらったからね。
今でもアナタのことを話してるよ。

この子達も、その子ども達も
ここが笑える場所であるように
私、頑張るからね。
上から見守っていて。

それと…
たまには夢にでも出てこいよ。

じゃ、また。

姉より

わたしのふるさと石巻へ

こんにちは
お元気ですか
私は元気です。

私はもうはたちになりました。
大人になった気はしません。

あれから六年が過ぎようとしていますね。

私はまだたくさんのことが整理できていません。

故郷のためになにかできるかと思って、
高校時代はいろいろしてみたけれど、
私には継続する力がありませんでした。

あの頃は、大人のひとたちから感じるたくさんのプレッシャーで自分が潰れてなくなってしまいそうでした。

あのとき、いろんなことをして出会ったひとたちには、たくさんの刺激を受けました。それは本当に特別な出会いでした。

でも、そういうひとたちを蔑ろにしてしまうほど、追い詰められてしまいました。

私の最初に思っていた故郷のためになにかしよう、というきれいな気持ちが消えてしまうほど。

結果私は、あなたの力になることは出来なかったと思います。

ただ流されてしまいました。

六年前のことを整理する前に、その次へ次へ進もうとしてしまって、結局なにも受け入れられていません。どうして私たちがこんなめにあったのか。震災で亡くなってしまったひとや、壊されてしまった思い出の風景を思い出すだけで、どこにいても、喉の奥がぎゅっと締め付けられます。どこにいても、消えなかった私の、心の中の風景は、死んでしまいました。

もう、おばあちゃんちのおこたにも、
おじいちゃんちの台所にもいけません。
あの日に消えてしまったたくさんの思い出は、
歳を重ねるたびに曖昧になってゆきます。

3月11日におじいちゃんは死んでしまいました。

わたしにとってはだいすきなおじいちゃんだったよ。 いつもテレビの前の一畳しかない畳の上で相撲をとってくれたし、
耳が聞こえないのに、 わたしを自転車に乗せて近くのスーパーにいったし、
春になったら山に入ってタケノコをとってきた。
もうあんまり思い出せないし、
いまならどんな話をするのか想像もできないけど。

震災があってしばらくは、
石巻の街が壊れていく夢をみたり、
ミイラになったおじいちゃんをみつけて生き返らせる夢をみた。
今でも、 強い不安やストレスを感じると映画みたいな津波の夢をみます。

わたしは別に、

ふるさとが好きだったわけではないけど、
壊れてしまった街をみたとき、
もうたくさんの景色に会えないことを思い知ったとき、
ひとりで毎晩こっそり泣いていた。
好きだったかわからないほど、近くにいたんだなと、遠くで暮らすいま感じます。
なにか辛いことがあったとき、逃げ出したいことがあったとき、帰って布団にくるまるみたいに、石巻に帰りたくなるし。

ふるさとは元気になっていくけど、
わたしはやっぱりまだまだ元気じゃありません。
わたしがいつか、帰る時に、
元気になったふるさとを大切にできるといいな。

ちゃんとした大人になれるかはまだ分からないけど、傷つきながらわたしを
育んでくれてありがとう。

海野　貴子

お母さんへ

震災からもう六年が経ちますね。
今どの辺を回遊しているのですか。
もうそろそろ海から上がってもいいのではないのですか。
帰りたくても帰れない所に居るのですか。

四年前に青森県の恐山に遺族会二二名で御霊に会いに行ってきました。イタコさんを通じてお母さんと会話をしましたね。その時に何かに挟まれ身動きが出来ないと話していましたね。
居場所が解かればすぐにでも潜って迎えに行くのですが……。私にできることは毎朝手を合わせ「早く帰って来い」と祈るだけです。防災移転地も海に近い所にしました。今年中に自宅を建てる準備中です。孫の瑞紀ちゃん円住ちゃんは今年から中学校へ、志希ちゃんも神維くんも元気に学校へ通っています。昨年生まれた愛理ちゃんも、お話が出来るようになりました。「ママ、ママ」と叫ぶ声が何とも愛しいです。お母さんに一目見せたいです。本当に孫は可愛いです。悲しみ、苦しみを忘れさせてくれます。

仮設住宅の自分の部屋には青年会当時の写真を飾ってあります。集落の皆さんが殆ど流失されて残っていないと言われますが、我が家では全部塩水を被り一部消えたところもありますが、アルバムや思い出の写真は残ってありました。このことも含めて不思議なことがあります。二階の部分だけひっくり返り一階は残っていたのです。

一番驚いたのは、一階の神棚に納めていた八幡神社の御神体と陶器で出来た恵比寿大黒が無傷で天辺に残っていたこと、それと大きなビニール袋に入れていた娘の留美の大切な飲み薬が残っていたこと、お母さんも知っていると思いますが、薬は市内で手に入れることは出来ないものです。留美は大きなビニール袋に入れた覚えが無いといっています。お母さんが全てを守ってくれたのかなあと思っています。

箪笥もひっくり返り残っていて開けてみると、四七年前栃木県にイチゴの研修に六ヵ月間行っていた時にやり取りした手紙が全部残ってありました。嬉しくて涙が溢れ、思わずその場でありがとうと言いましたよ。

イタコさんを通じて言われたことの中に、子供達には素直に生きてくださいと伝えて下さいと言ってたよね。三人共親を超え立派に成長しています。私の生きがいであり誇りだと思っています。だから安心してください。これからも子や孫達を見守っててください。

最後に今年から圃場整備をした畑でネギとイチゴを作ります。昨年会社を立ち上げ私が代表となりました。

これから毎日屋外で働くことになります。お母さん、時には会いに来てください。

一休みした時、やさしい風が吹いたら会いに来たと思っています。

今までありがとう。

今でも大好きです。
愛しています。

また会えるよね……もう少し時間をください。

佐藤　信行

6年目のあなたへ

〝おはようございます　お父さん　きょうも始まるよ〟と仏間の障子を開けてつぶやきます　自宅から二百メーターほど左前方の先に真新しい　すがとよ酒店が見えます　お店の右側に長男の経営するコンビニ2号店　左側には全国展開のラーメンチェーン店

コンビニには出勤途中の車がせわしく出入りしていつもの朝の風景が見えます

朝方に降ったのかうっすら雪化粧の朝です　お仏壇には朝のおまいりも済ませました

〝お父さん行ってくるね〟と仏間を後にします　あのいまわしい震災からもはや6年の月日が経とうとしています　なんと長い時が過ぎ去ったことか　無我夢中と

言うにはあまりにも長すぎた月日でした　当時幼かった二人の孫はこの春中学三年と小学校五年生になります　おかげ様で息子夫婦も私もみんな元気で暮らしていますあの頃８人家族が突然５人家族になっていたたまれない淋しさに慣れるまで随分と時間がかかりました　それでも心のどこかで姿なきあなたも爺ちゃんも婆ちゃんもきっとすぐそばにいて一緒に暮らしているに違いないと思っていました

あまりの悲しみ苦しみに涙も出なかった日々　全国から寄せられた　たくさんの支援にとまどい自分自身を見失いそうだった日々　又　心に染みる温かい励ましに涙した日々　いろいろのことがありました　そんなすべてのことが走馬燈のようにかけめぐります　よく生き延び歩んでこれたと思います　どこから力が湧いてきたのかと我が身に問えば　それはきっとあなたや爺ちゃん婆ちゃんがいなくなった悲しみがあったから　そのことに気がついたのです　どうしようもない悲しみは　いつの間にか私を支え迷わず歩む力となったのです　悲しみこそが私の生きる力となったのです

おかげ様で５年９ヶ月の時を経て地元に戻りお店をオープンしました　その場所

はなんとあなたが行方不明の一年三ヶ月眠っていたところです　あなたは次はここだぞと導いてくれたのでしょうか　お店には立派な看板が掲げられました　二代目豊太郎様の書体の看板です　又　ここからこれから新たな歩みが始まりました　どうか見守っていて下さいね

最後にご報告致しますが　これまで全国の皆様に身に余るご支援を賜わりました　6年にもなる長い月日　私達家族を温かく見守り商いを助けていただき　どんなに救われたか知れません　ただただ感謝の想いで一杯です　そしてその上にこれからの為にとお店の前にはお地蔵様をお祀りしていただき　二階のミニホールには立派なピアノも届きました　縁あることの幸せをしみじみかみしめています

私はあの日生かされたいのちを充分に楽しみ生きてゆきたい　そしていのちつきるまでもお店に立ちお客様をお迎えしたい　何よりそれが私の一番の幸せです

あなたと共に思い描いた老後の楽しみはなくなりましたが　淋しさを感じる暇もなくのんびり出来そうもありません　もう少し頑張ってみます　そして又　ご報告しましょう

6年目のあなたへ精一杯の感謝をこめて
〝ありがとう〟またね!!

平成二十九年一月

菅原　文子

天国の貴方へ

あれから六年あっと云う間の日々でした。
悲しみ喜びの人生、大津波で家族、家を失いガレキの山に途方に暮れる毎日でした。
楽しい老後と思っていたのに帰らぬ人となり胸に迫るものがあります。
孫達との温泉、つりに行ったり楽しい思い出が一杯ありましたね。
歴史物が好きでテレビの時代劇、本をたくさん読んでいましたね。
家庭菜園では季節の野菜をたくさん作ってくれました。おいしくいただきました。
また家の大黒柱として私達を支えてくれました。昴汰は弘前大学在学中です。
翔はサッカー、高校受験と頑張っています。天国から頑張れとエールを送ってね。
私は肺の手術を受け検査検査で私なりに大変な思いですごしました。

貴方の居ない寂しい空気の漂う居間でラジオのスイッチを入れ、今は寒い季節編物をしたり、春には庭で花をたのしみます。家も建て新しい土地での生活にも慣れ今は落ちつきつつあります。喜び悲しみ苦しみ、生かされた命を大切に一年また一年と年を重ねていく私です。

残された家族一同　天国の貴方へ　おつかれ様でした。御苦労様でした。ありがとう！　感謝の気持を伝えたいです。

小山　まつ子

荒浜現地再建への思い

現在七十一歳四カ月を迎えました。生まれは、仙台市荒浜字西十一番地で終戦直後の昭和二〇年九月一三日に生まれました。当時仙台市荒浜集落の旧家屋号（喜多助殿）歴代十九代続く家系でもあり、荒浜集落でも最初から住み始めたともいう。貴田家最初の先祖は四国地方、高知県土佐地区から落ち武者として北上しこの地、荒浜に住み続けたのが始まりという。

今から約五百年前頃、当時この一帯は葦が生い茂る湿地帯が広がっていました。その後、明治期に漁業組合が設立されマグロ漁、イワシ漁など行われて、農地も18ヘクタール～30ヘクタールまで広がり、半漁・半農の豊かな地域になり、内陸の町場から食料を求めに荒浜に来てくれたことを祖父が自慢げに話をしてくれたことを思い出します。

今回の二〇一一年三月一一日に起こった東日本大震災による地震・津波の被災で余りにも大きな命・物・財産を失い、当時は絶望感と悔しさ、悲しさなど、表現出来ない位、日を増すことに冷静さを失い深く落ち込みました。

被災直後は避難所に入れず、車の中で三日間、その後県南の柴田町船岡の妹の大石家に二日間お世話になり、その後私と息子で仙台に戻り若林区七郷小学校の避難所に強硬にお願いしお世話になりました。翌日（被災から七日目）避難所ががら空きになり、船岡に置いてきた家族（五人）を呼びました。

十日過ぎに小学校体育館が余震で危険になり、２キロ離れた若林体育館に移動し、避難所四ヵ所目で一ヵ月半お世話になりました。被災から仮設住宅に入居まで二カ月目でようやく、普通に近い生活ができ、当時はとても有り難く感謝をしました。悲しみは諦め前向きに考えるようになり、仮設住宅では四年間自治会の役員を引き受け活動しながら過ごして、現在は仙台市の集団移転先に土地と住居（荒浜の住所で内陸へ1・2キロ）を求め、自宅再建二年になります。ほぼ現地再建の希望が叶いました。ここまで来るには家族の説得など苦労のかいがありましたので少し満足感などに浸ることができました。

ようやく元の住まいを取り戻し、安心感に満たされる時間もできました。その後気持ち的に余裕ができ、今では家族でよく話すことは、過去の思い出などで、特に、楽しかったことが話題になりがちですね。

荒浜現地再建への思いは私の青年時代（十八歳～）に遡ります。記憶の中に楽しかった時期が懐かしく思い出としてありました。荒浜集落には、青年団とゆい組織の男性グループがあり、必ず避けることは出来ない青年への道筋です。先輩は最高齢で二十五歳位で、男性部の活動になりますが、目的は街全体の行事への協力です。例えばお祭りとか学区民運動会、冬になれば一晩中「火の用心」の見回りをします。番屋（今風に言うと集会所ですが）小屋のいろりに火を焚き暖など取りますが、食べ物は持ち寄りです。

とても思い出深いのはスズメのポンポン焼きで、冬は脂肪がつきとても美味しかった。スズメを捕まえる技ですが、夜になるとスズメは神社の軒下で休む。三、四人で二人は竹に付けた霞網で両端を抑え、竹棒で軒下をたたき追い払うと網が壊れる位30羽〜40羽捕まえた。百羽位捕まえて番屋に持ち込んで竹差しで火あぶりして食べる。とても美味しかったことを思い出す。当番は、月に一〜二回位ですが、楽しく遊ぶことなど大人への成長を教えてもらい役に立つことが多かった。私達の時代は許されましたが、今の時代はお咎めがあるかもしれませんね。

その後、私も高卒で大都会の東京に憧れて就職しました。大田区（中央製作所(株)）の寮に住み込み、二年半勤めた後、断念して、我が家に帰りました。

我が家の家系ですが総勢一六人の大家族です、当時の農作業は人手が必要なので、二家族（私の家族と叔父の家族さらに奉公人二人）です。専業は農業、副業として大手ゼネコンの鹿島建設、竹中工務店、大成建設など下請けに入り、組積工事を請け負う兼業農家として、とても忙しい父を見ていました。仙台駅前中央のビルの地下室の工事を手掛けて、大分忙しい父を手伝う事にしました。

しかし、五年位したときに父が突然体調を崩し、三年後に他界しました。私のほかに三人使用人がいましたので、私が責任者となり現場作業を行う事になりました。でも余りにも厳しい労働なので一年後に工事を辞め、直後に結婚し、同時に建材（セメント商品）の販売会社「貴田建商（株）」を設立しました。販売卸業として、当時の商品一般を扱い、販売エリアは宮城県全域・会津を除く福島県全域を営業地域とし、社員も四二名までになり、会社を軌道に乗せました。本社業務は卸町に事務所・ヤード配送センターは扇町・支店は福島県浪江町にありましたが、創業二六年目で終結となりました。

ここで、会社を運営していた時の体験など少しお話してみたいと思います。昭和四九年日本は高度成長期で、会社も順調に売り上げを伸ばし成長してまいりました。特に取扱い商品は住宅外回り（エクステリア）、トップクラスのメーカー商品の特約店（販売卸業）でしたので、取引先は専門店です。当時は仕入れ額による招待になりますが、勿論わが社とメーカーの協賛で、海外はヨーロッパ・カナダ・アメリカ・香港・シンガポール・マレーシア・韓国・ハワイなど八カ国、年間四〜五回位、常連客の接待で旅行に同行しました。国内旅行招待では、日本全国の温泉場にほぼ行きました。しかし経営は厳しく社員の雇用（給料）、仕入先の決済など、資金調達では毎月苦労しました。

でもその頃からでしょうか、海外など見てきましたので私生活も派手になり、趣味も多くなりマイボートなど購入、貞山堀から名取川河口から海（太平洋外洋）へ平均月一〜二回位で釣りを楽しむようになりました。マイボートも少しずつ大きい物に変え、クルーザークラスまでになりました。楽しかった思い出は特に貞山運河をボートで名取川方面へ滑走して行くときの自然環境の素晴らしい風景でしょうか。家族とか友達など同船した時、途中にある（井土入）所で上陸してバーベキューなど楽しんだ後、名取川河口から海へ向かう、河口付近は特に引き潮の時うねりがあるので、気を付けないといけません。天気しだいで沖合に北東方向ですかね、牡鹿半島の出先金華山の東沖を目指して、カジキマグロ釣りなどのトローリングなど楽しみました。

その頃でしょうか、荒浜の自然と素晴らしい環境に触れ合いながら楽しむ、ここに生まれて良かったことを思い出します。遊びも満足ですが、荒浜の良さは特に四季の生活で、日本全国でも一番過ごしやすく、例えば夏などエアコン無しでも快適で、冬でも寒さも厳しくない。ちなみに仙台全体で、山近くと海側では、年間4度～5度くらい寒さ・暑さが違うので荒浜は素晴らしい快適な生活ができました。その良さを今でも忘れることは無い大切な故郷です。

私はもう一度荒浜で生活が出来たらと思い、懸命に努力をしましたが、結果的に仙台市が「東日本大震災」直後に荒浜を人の居住出来ない危険区域に指定し集団移転が確定されました（平成二三年一二月一六日）。しかし現状はそうですが、将来何十年先、何時かは、荒浜に、また居住できる日が来ると信じています。

私が作った荒浜ロッジは、当時現地再建を目標にする、私の自宅跡地を拠点にした活動場所でした。被災から半年、最初は小さなピザ釜を二個作り、シェルター用テント設置でイベントを企画して荒浜住民を呼び戻そうとしていました。その同時ぐらいですかね、「荒浜フォーラム第一回」を仙台駅前アエルで開催し、名古屋の延藤先生・まちの縁側育くみ隊の名畑さん他・神戸から室崎先生と宮西さん、金菱先生にも初回から二、三回ゲスト出演を頂きました。

有識者の皆さんに協力頂き、フォーラム三回目は荒浜現地でロッジの建築許可が認められ、工事中の基礎だけが出来たところで行われました。ロッジは資金の都合もあり、着工から半年くらいで完成しました。被災から三年目で隣に東屋（あづまや）作りで活動できる居場所を設け、多少天候が悪い時にもイベントを行い、荒浜を訪れる人達に語り部のお話を聞いてもらったり、毎月第二日曜日に故郷の行事を思い出す「蘇生活動」を一年続けてきました。

そんな矢先の平成二七年一〇月九日午後10時頃、何者かにロッジと東屋に放火され全焼してしまいました。当時はとてもショックで表現出来ないほど、落ち込みました。その後焼け跡の片付け作業を続けました。

荒浜ロッジは、被災からようやく立ち直り現地再建を目標に活動して来た場所で、じつは建物内にあった、コラボレーションをした秋保工芸の里の職人の見本品やいわゆる六次産業の地元の野菜漬物と資料などをすべて失い、かなりの損害がありました。放火される前も頻繁に窓ガラスが割られ、中に入り荒らされる被害があったので、そこで私も嫌がらせなど私達の活動の反対者もいるのかと感じることもありましたが、単純に考えていました。その後放火されてしまい、悔しさのあまり判断すると、やっかみ、憎しみ（第三者）などあるのかなと。

その後、半年過ぎて、会の皆さん、支援者の皆さんにロッジの再建をして下さいと後押しされてその希望はありましたが、再建費用は難しく、どうするか考えていました。その時に建築設計者との話し合いの中で一度建築確認された建物は再建しやすい条件があると教わり、再建の方向に気持ちが動き始めました。

しかし、「大切な資金が不足しています」と言い切った時に、協力の皆さんからクラウドファンディング・寄付などでやりましょうと励まされて、何とか着工から5カ月目の平成二八年一一月三〇日完成いたしました。電気工事や市の水道以外は、ほぼ一人で作り上げました。その直後に体調を崩しましたが、翌年二九年一月八日に落成式・蘇生活動・オモイデツアーを同時開催することができました。

今現在の目標は、被災前にあった植物など自然環境を最大に再現、特に最初の居住地に戻る（現地再建）のは難しくとも、行政と談話して買取地の「利活用目的」を防風林などの育成として、松の木の育苗施設借地を要望し、活動しています。

最後に、東日本大震災による津波で集落の犠牲者は一八六名、プラス荒浜エリア県道で地域外の犠牲者六〇人、総計二五〇人が亡くなりましたが、私の家族身内は一人も犠牲者が無く幸いでした。あらゆる物は失いましたが、命だけは助かりました。

しかし被災後から行政の復興のあり方はとても厳しく、一般的に分かりづらく、自ら命を絶つ人もありました、私も一時考えた時期も有りました、でも助かった命ですのでやれることをもう一度頑張ろうと思い、前文で希望した、もう一度「荒浜現地再建」を夢見て終わります。了

貴田　喜一

おはよう、パパ

『おはよう、パパ』

声には出さずに天井を見る。朝、アラームが鳴る前に目をさますようになったのは、最愛の夫であるあなたを失ってから。私は、一気に歳をとってしまったような気がするよ。ゆっくりスマホに手をのばしながらあなたを思うと、少しだけ、涙で目がうるむ。毎朝そこから一日が始まる。目がさめて、となりにあなたがいない現実を思い知る、朝が一番つらい時間。

今は二〇一七年が明けたところ。今から、震災のあの頃のことを、書くよ。

五〇歳のあなたと四八歳の私。あの日は、いつもと何も変わらない朝だったね。顔の横に手のひらをかざして「いってきます」と笑ったあなたの笑顔もいつもと同じ。ごみの袋を

「俺が出していくよ」と横から持ってくれて「いいの？　パパありがとう」と言いながら、私も笑顔の平和な日常。普通の金曜日の、普通の朝だったね。

家族を愛し大切にしてくれたあなたは、あの日、どんなに家まで帰り着きたかっただろう。それを思うだけで、今でも涙があふれてくる。大きな黒い水を目にしたときの、あなたの驚き。そして、これは津波だ、と悟った瞬間のあなたの恐怖を想像すると、うまく呼吸ができなくなるほどやりきれない。それでもあなたは、最後まで精いっぱい、助かろうと、生きようと、がんばってくれたんだよね。

あなたと一緒に津波に遭ったSくんが、しぼり出すような声で教えてくれたよ。「ご主人が、先に走っていって何かにつかまるのを見ました。それを見て私もとっさに何かをつかんだんです。次の瞬間に大きな波が身体に強く当たって、気がついたら私は指がフェンスに引っかかっていてその場にとどまれました。でも、顔をあげたときに、ご主人が流されていくのが見えて……。顔は水の上に出ていました、まちがいありません。でも、私にはどうすることもできなかった。私だけがこうして戻ってきて本当にすみません。申し訳ないです……」

Sくん、とてもつらそうだった。でも、あなたの行動を見て同じように何かにつかまり、それで命が助かったと聞いて、あぁよかった……って心から思えたよ。いつも、誰かの役に立つことに喜びを感じていたあなただから、きっと『Sくんが助かってよかったなぁ』って、どこかでほほ笑んでいる気がしたから。Sくんが教えに来てくれたことで、何も状況がわからずにいた私たちが、あなたの身に起こったことを知ることができた。それを手がかりに、早い段階であなたを見つけ出すことができた。Sくんには感謝している。

Sくんとはぐれたその後、流されたあなたは何を見たのかな。今でも時々考える。その後のあなたの目に映ったできごと、最後に見た景色。地震直後には、あたりを白くするほどの雪が降ってきたから、水につかった身体はきっと痛いくらい寒かったよね。安置所でふれたあなたの身体の冷たさと重なってしまう。

あの日、自宅の廊下で防災用品を出していたときに、居間に置いていたラジオが、仙台港で発生した大津波を、叫ぶように告げた。突然心臓をわしづかみにされたような衝撃だった。あなたがいつも帰ってくる道が頭に浮かんだ。手が震えて、物が廊下に散らばっても、しばらく動けなかった。そのとき、ふいに、強い風を感じて、耳元にあなたの声が聴こえた……気がした。あれは何だったのかな。身体から力が抜けて座りこみ、なぜか、……そうか、もうあなたとは、生きて会うことはできないんだね……と、とても悲しい何かが胸の中に落ちてきたような気持ちになった。

大津波を知ったショックによる思い込みや幻聴、というのが現実的だと思うから、ほとんど誰にも話してはいないけど、今は何となく、あのときはあなたが私の元に来てくれたんだなぁと思うことにしている。そのほうが少し救われる気がする。でも当時は、頭をぶんぶん振って、今のは何？　そんなことないよね、パパは大丈夫。きっと大丈夫。繰り返し自分に言い聞かせながら、涙をぬぐって立ち上がったよ。怖かったけど、今はまだ何もわからないのだから気をしっかり持たなきゃと思った。

でも、そこからは、あなたの携帯に何度電話しても、つながらなくなった。一度だけ、電源が入っていませんとのメッセージが流れた。メールの返信も、返ってくることはなかったね。

あんなに暗くて不安な夜は、経験したことがなかった。何もわからず、待つしかできない時間。外から聞こえる止まないサイレンの音。ブーンという発電機の振動。廊下をへだてた居間からたまに聞こえるお義父さんお義母さん親戚たちの笑い声。外に出ると海側の夜空は、火災で真っ赤に染まっていた。私と娘は台所でろうそくを灯し、少しでも気をまぎらわそうと数独パズルを解き続けた。返信が無くても何度も何度もメールを送った。家も家族も無事なのに、なぜかあなただけが帰ってこない。どうにかしてあなたの無事を知りたかった。あの、降るような星空の下で、あなたが黒い水の中に横たわっていたのを知るのは、もう少しあとのことだった。

私たちは、ケンカもたくさんしたけど、かなり仲よしだったね。あなたと私と娘と三人で、いつもたくさんおしゃべりをして、ずいぶん笑ったね。苦しい時期もあったけど、楽しいことのほうがずっと多かった。生まれ変わってもまた一緒に生きようって、何度も話したね。

私はあなたに出会って人生が変わった。あなたに、照らされて、守られて、高められて生きてきた。あなたはどうだったかな。私はあなたを幸せにしたいと、いつも思っていたよ。その思いは伝わっていましたか。わかってる。あなたも同じ思いだったよね。

あの日はどうだったのだろう。あなたが目を閉じる間際、あなたの人生の最期の瞬間まで、私と娘は、あなたの心にあたたかな光を灯していられましたか。私たちはあなたの胸の中で最後まで、あなたを支えて、笑顔でいられたのかな。

歴史やテレビで大地震や津波の話が出るたびに「恐ろしいなぁ」と顔をゆがめていたあなた。とても怖かったね。痛かったね。苦しかったね。「今から帰るよ」って笑顔の絵文字のメールで、私をほっとさせてくれたのに。こんな災害時には率先して、誰かの力になりたい、誰かを助けたい、何より家族を守りたい、ってがんばる人だったから、あなたの無念を思うとくやしくてたまらない。涙というのは、何年たっても涸れることはないみたい。今でもただただ涙があふれて、あなたが愛しいです。後悔も尽きないし、あの日のことを考え続けていると、私も壊れてしまいそうになるから、最近はあまり深く考えないようにしていた。生きていくための防御策と思っている。いつかそっちで会えたら、そのときにたくさん教えてほしい。あの日の、いろいろなことをどうか。また、たくさん、たくさん、時間を忘れるほど、あなたと話がしたい。あなたの声が聴きたい。あなたの笑顔に会いたいよ。

あなたの遺体を確認してからの一ヵ月は、悲しみよりも、この異常な状況下で、一緒に暮らしている家族を守らなければ、という使命感のほうが私の中で強かった。家からほんの少し先は、元が何かもわからないほど、津波でひどい状態になっていた。私は少しでもあなたを安心させたかった。『パパ、心配しないで』心の中でつぶやきながら、涙がこぼれないように、何度も空を見上げた。あなたが近くにいる気がしていた。

うちは高台だから家は無事で、一時は多くの親戚の避難所みたいになっていたけれど、家にあなたの遺体が帰ってくることになり、正規の避難所や別の親戚の家に移っていただいた。それでも、食べ物や水を確保して届けるために、リュックを背負って歩き回った。お義父さんお義母さんの身体をマッサージしたり、近所の人たちに常備薬を分けたり、車からの携帯充電器を貸し回したり、集会所に役場の情報を貼り出したり、どんなに小さなことでも自分にできることは何でもやった。やることは限りなくあった。弔問に訪れてくださる人たちにも精いっぱいの心をこめた。

原発の事故があったのに、井戸水で料理をするというお義母さんと、雨水を集めてお風呂を沸かしたお義父さんを止めて、もめたことも何度かあった。でもそれも、放射線について知識のない家族を守るためには必要なことだったと、今でも思っている。泣くことも耐えることも多くて、倒れてしまいそうな日々だったけど、あなたに恥じない私でいようという気持ちが、あの頃の自分を支えていた。私も娘も混乱の中、自分自身がおかしくならないように歯を食いしばっていた。いたわりや励ましもたくさんいただいたけれど、そうじゃないものも多かった。それでも、今このときを少しでも穏やかにやり過ごそう、家族のためにがんばろう、その思いで笑顔もつくったし頭も下げた。そうやってひたすら、少しでも落ち着ける日々に近づけるように、前向きに前向きにと努力を続けていたよ。

でもね、私のがんばりは、そこまでだった。一ヵ月後に、やっと水が出るようになり、あなたの葬儀がとり行えると決まった日から、急に、私はお義父さんから「あんたは関係ねえ」という言葉を何度も浴びるようになった。葬儀と聞き、お義父さんとお義母さんの目に、少し活気が戻った。息子への思いと責任、親戚や近所への感謝や、しきたりやプライド、いろんなものが混じり合い、それが力に変わったみたいに見えた。

葬儀屋さんから、喪主は奥さまでよろしいですね、どのような葬儀を、と言われ、妻としての人生最大の仕事を務めあげなければと気持ちを引きしめたとき「ちがう、喪主は俺だ」とお義父さんに言われた。「俺が家長だから俺がやるのが当たり前だ。葬式ってのは、部落の行事で、家族のためじゃねえ。この部落には契約講があって、ここにはここのやり方がある。あんたはよそ者で何も知らねえべ。実家のことと友だちのことだけやってろ」お義母さんも「そうだね、お父さんがそう言うんなら」と横でうなずいていた。

葬儀屋さんが「本当にそれでいいのですか?」と私に訊いてくれたけど、お義父さんの頭の中にこの土地のやり方があるのなら、私にも他の選択肢はない。パパは言っていたね。「親父とおふくろは昔のことがすべてなんだよなぁ。伝統は大切だけど、自分の知っている時代だけが正しくて、一緒に住んでいても俺たちの言葉なんか聞きもしない。でもこれからは時代に合わせて、俺とママで少しずつ変えていきたいんだ。協力してくれな」あの頃は私も「了解！」とか言って笑っていたけど、結局、私一人だけではよそ者になってしまった。お義父さんにも「あんたは嫁なんだから、自分から嫁の立場でひっこんで動くのがほんとだ」と言われた。

「喪主の俺の名前と親戚一同だけでいい」と言い張るお義父さんを、葬儀屋さんが根気強く説得してくれて、会葬礼状だけはかろうじて故人の妻として私の名前も入れてもらえた。あとは、事務的なことだけが私の役割だった。家族なのだから私と娘も交えて四人で相談していきたいと何度か言ってみたけど、聞いてもらえなかった。受付を頼んだ近所の方々の名前を訊いても「あんたは知る必要ねえ」「私だって会ったときに、よろしくお願いしますと頭を下げたいです」「そんなの余計なことだ」そんな会話ばかりになった。あとから知ったけど、契約講の制度はもうすでに無くなっていたみたい。その時だけ復活させたことが、お義父さんとお義母さんの認める葬儀の形だったのかもしれない。

葬儀の日に向かっていくそんな流れで、私の中で、がんばろうとする自分と、それに伴わない自分とのバランスがとれなくなってきた。家事だけは手を抜かずにやっていたけれど、何かが少しずつずれていくのを感じていた。もう私はあなたの妻じゃなくて、家の嫁だった。葬儀当日も、よくわからない葛藤や孤独を感じながら参列していたら、娘が予定外に私の手を引いて前に出してくれた。私を横に並ばせた形のまま、みんなの前であなたへのお別れの手紙を読んでくれた。関係ない人と言われ続けていた私を、気づかってくれた行動だった。葬儀も法事も無事に終わりほっとして、改めて、あなたがいなくなったことに私の現実感が追いついた。正直もう、がんばろう、家族を守らなければ、という気持ちはとても小さくなっていた。

それから、さまざまな手続きや手配のため毎日忙しく走り回ってはいたけれど、私の気持ちはぐらぐらしていたね。今はただ目の前にあることだけをこなして生きよう、こんな非日常のときに自分の存在の意味なんて考えちゃいけない。自分でもそう何度も思ったよ。でも、あなたがいなくなって、私は自分が家政婦か便利屋にしか思えなくなった。精神的に、震災以降一度も座っていないような、ずっと立ち続けていて、とてつもなく疲れているような、そんな気持ちになっていた。いかに毎日、あなたと言葉を交わしあなたの笑顔にふれることで、ソファーのようなベッドのような、休息やリセットを与えてもらっていたか。あなたに会いたくて、失われた平和な日常が恋しくて、一人でこっそり泣くことも増えていた。

そんな日々の中、親戚がみんな家に集まって、そこから全員そろって四十九日のお墓参りに行くときだった。黒い服を着て花を持ち、靴をはこうとした私に「なんだ、あんたも行くのか?」と、突然、お義父さんが言った。意味がわからなくて、一瞬ぽかんとした。夫であるあなたの四十九日のお墓参りに、私が行かないということは思ってもいないことだった。お義父さんに「人数が、あんたがいないほうが軽自動車数台で済むから、都合がいいんだ」と言われ、他にも車はあるのに、私がいないほうが都合がいいって、どういう意味だろう。理解できずに頭の中がぐるぐるしているときに、おばちゃんが二人、そんな言い方はないんじゃないの、とお義父さんに言ってくれた。ありがたかったけれど、とっさに「そっか、私は留守番ですね。私は後から一人でお墓参りに行けばいいのかな?」なるべく軽くそう言った。今からお墓参りに行ってくれる親戚たちの前で、嫌な雰囲気を作りたくはなかった。

「んだな、戻ってきたらすぐ飯を出せるようにしとけ」「じゃママ、留守番よろしく」お義父さんお義母さんにそう言われて、みんなを見送ったあと、がくんと力が抜けた。正式な法要は終わっていたし平日だったので、娘は会社に行かせていた。孤独だ、と思った。玄関に立ったまま頭の中が白く霞んだ。そうしたら、ふいに、口から笑い声が出た。仏壇の前に行き座りこんで、なぜだかしばらく笑いが止まらなくなった。まったく可笑しくなんてないし、笑いたくなんてないのに。涙を流しながら、自分で止められない笑いがとても怖かった。

その後、お昼に戻ってきたみんなに料理を出して、洗い物を終えてから、夕方一人で車を運転してお墓参りに行ったね。パパ、あのときはごめんなさい。お墓参りで、あなたへの追悼の気持ち以外のものが入ってしまった自分が情けない。四十九日だったのに、あなたの旅立ちをさまたげたのではないかと後悔している。でも自分でもどうしようもなかった。お寺の奥さんが見つけて声をかけてくれるまで、暗くなるまで泣いていたね。あのときにはもう、あなたに心配をかけたくないという気持ちは消し飛んでいた。私はこの先どう生きればいいのかな。気持ちの行き場をどう探せばいいのかな。がんばっても結局は無力だよ。あなたが私の居場所だったから、今は居場所が見つからない。これ以上私に何ができるの。もう、どうしたらいいのかわかんないよ。教えてよ。今すぐここにきて教えて！　そんなむき出しの感情で、涙が止まらなかった。たぶんあのときに、私は心が折れちゃったんだ。

それからの私は、自分の弱さに負けて無気力に変わっていったね。家事以外の時間は、横になっていることが多くなった。親戚が来ると、挨拶をしなさいと言って、お義母さんが何度も部屋の戸をたたく。初めはがんばって一緒に座ってお茶入れをしていたのだけど、やっぱり人が集まれば津波の話になるし、行楽で楽しんできた話すら聞いているだけでつらくなり、勘弁してくださいと、お義母さんに頭を下げることも多かった。「そんなの駄目だママ。なしてみんなと一緒にあはは、おほほってお茶飲みに混ざれないの。私の立場も考えなさい。私がみんなにどんなお姑さんだと思われるの」そう言うお義母さんの言葉にも耳をふさぎたくなり、外にも出られなくなり、そのうち声も出なくなってしまった。

最低限の家事だけをし、泣くか寝ているかばかりの、生気のない日々が数ヵ月続いた。そんな私を、娘が毎日どんな気持ちで見ていたのかと思うと、やるせない。それまで私を支えようとがんばっていた娘もまた、自分を無力だと感じて、少しずつ元気がなくなっていった。娘には本当に申し訳ないことをした。私は母親としても、失敗したのだと思う。

ねぇパパ。

あの津波から、もうすぐ六年が経つんだよ。あなたと言葉を交わせなくなってからも六年。とても寂しいよ。それでも、私も娘もだいぶ淡々と日を過ごせるようになった。生活リズムも少しずつ取り戻し、身内以外の人たちに助けられ心なごむことも多い。友だちと会うことはそれだけでリハビリになり、みんな惜しみなく手をさしのべてくれる。胸の奥にあいた穴はまだ大きいけれど、あれからたくさんのことを経験して、やっとここまでたどりついている。あなたに会えたら、まあまあ元気だよと言えるんじゃないかな。

無気力な日々の中、このままじゃいけないと気づかせてくれたのは娘だった。私はあの頃、娘の気持ちに応えられていなかったね。娘が苦しんでいる姿を見るのは、自分が苦しいよりつらかった。一度逃げて少し休んだのだから、次は起き上がる努力だと気づき、強くなりたいと思った。傷つけてしまった娘と一緒に、二人で強くなりたいと思った。あなたはよく言ってたね。「自分が強くないと誰も守れない。困っても焦らず、明日考える」私は誰かに認めてもらいたくて、焦っていたのかな。それが報われなくて、折れた。パパが横にいたら

「気づくの遅すぎ」って笑いながらこづかれる、そんな場面になるね。あなたが好きだった映画「風と共に去りぬ」の強い女スカーレット・オハラだ。私は自分勝手な彼女がきらいだったけど、今なら認めるよ、あの姿勢は生きていくのに大事。

それからの私と娘は何度も話し合った。あなたがいなくなったこの先の生き方と、お互いをやみくもに背負い込まない約束を決めた。まずは自分が生きることを優先して、その上でお互いのことを少し気にしようって。今そうやって、試行錯誤しながら生活している。心の痛みも、毎日少しずつ薄紙をはがすように……とよく言うけれど、経った時間の分だけ、文字通りその通りなのかもしれない。

ここまでの六年は、もっと多くの月日をぎゅっと圧縮したように、駆け足でいろいろなことがあったよ。あなたは見ていてくれたかな。教えたいことがたくさんある。それまで知らなかった新しいことが次々と降り注いできて、理解も整理も追いつかず目が回るようだった。かつての自分の生活では考えられないほどたくさんの人と関わり、感謝する出会いがいくつもあった。反面、にがい思いをしたり、だまされて翻弄されることもあった。世間知らずの私にはそれらすべてが学びになった。たった一つも無駄はなかった。
そんな学びとリハビリの繰り返しで、私は少しずつ浮上している途中だけど、自分の経験から、気持ちが深い闇の底に落ちてしまった人を励ますのは、難しいことだとつくづく感じた。相手を救うつもりでかける言葉も、受け手の状態によってはうまく伝わらない。私も、頭では理解していても、心に刺さる言葉も多かった。

過去の自分を思い出して、反省することもあった。それは、友だちのご主人が亡くなった通夜で、私が彼女の息子さんにかけた言葉。「これからは〇〇くんが、お母さんを支えてあげてね」あれはいけなかったと今なら思う。その後、震災であなたが亡くなって、葬儀のあとに、私自身がこの言葉をたくさんの人に言われた。「これからはあなたが、お義母さんを支えてね」「旦那さんを亡くすより息子を亡くすほうがずっとつらいんだからね」とも言われた。わかりました、ありがとうございます、と頭を下げて返しながら、違和感があった。私の横では娘が同じように多くの人から「これからは、あなたがお父さんの代わりにお母さんを支えるのよ」と言われ、はい、はい、と頭を下げていた。

あの違和感を振りかえると、本人が一番よくわかっていることを、他人が言うのはあまりよくないのかもしれない。今後の自分も気をつけようと思った。定番に近いフレーズではあるけど、危うい励ましにもなりそう。自分がまだ動揺していて悲しいのに、他の人を支えることなんてまだ考えなくていい。

癒されて、気づいたものもあった。葬儀前に、近所に住む当時二〇歳の男の子がお線香をあげに来てくれた。幼い頃、パパがよくキャッチボールの相手をしてあげたあの子だよ。大きくなってからは会うことも少なくなっていたから、うれしいなと思った。控えめにあなたの写真の近くに座り、しばらくそこにいてくれた。来客や親戚でがやがやとしていた居間でお茶入れに追われていた私の目に、背中を丸めて何度も涙をぬぐってくれるあの子の後ろ姿は、ぽつんと静かで清浄なものに映った。

あなたの親友たちのぐちゃぐちゃの男泣きも、会社の社長がくやしいと何度もつぶやきながらこぼしてくれた涙も、他にも、あなただけを思って流してくれる何人もの涙は、心にあたたかくしみ込んでくるようだった。あの時期は、かけてもらう言葉よりも、あなたを惜しみ悲しむ人々の思いに、心がなぐさめられていたかもしれない。遺族にかける言葉がみつからない時は、無理をしないのも自然ないたわりになると思う。無理して言葉をかけてうまく伝わらなかったときは、どちらにも悲しい。受けた感情は、良くも悪くも長く残るから、やっぱり難しい。

二年前に、地域の行政が震災の追悼モニュメントを建立してくれた。建立に向けて丁寧に、私たち遺族に個別のお知らせやアンケートなどで意向をたずねてくれた。まだ気持ちはそれを喜ぶところに至ってはいなかったけれど、多くの人が動いてくれて心情にも配慮してくれるなんて、ありがたいことだと思った。

そのアンケートの項目のひとつに「モニュメントの中に、犠牲となられた方々のお名前を納めることについて」というものがあった。娘は少し嫌がっていたけれど、私は「お心遣いに感謝します。お任せいたしますのでどうぞよろしくお願いします」と書いた。後日、正式な建立の決定のお知らせと一緒に、アンケートの集計も届けられた。その中の、さっきの項目への、ある遺族の人の回答を見たときに、私はハッとした。そこには「愚か者と言われているような気がする」とあった。この赤裸々な一言に、記憶がはじけて涙があふれた。この人もきっと、それまでの四年間の中で、いろんな人に、いろんなことを言われてきた人なのだと思った。実は私も、あなたをそう言っている人の言葉を、意図せず聞いてしまったことがある。他にも、なぐさめや励ましに乗せて、どうしてわざわざ津波のくる場所にいたのかとか、私はすぐに津波を予想して高台に逃げて助かったんだよ、とかの言葉に、そうですね、よかったですね、と答えながら、だんだん気持ちがささくれだっていった日々を思い出した。顔も知らない遺族の人に思いを馳せたよ。

結局、気持ちが落ち着くまでの時間は、みんな違っていた。環境や価値観の違いもある。だから温度差やタイミングによる変なすれ違いも、もしかしたら気づかず、もっとたくさんあったかもしれない。震災直後に、こんな励ましがあった。「テレビを観ていたら、家も職場も流されて一家で四人も亡くなった話があったよ。あんたたちは、家は無事だし一人しか亡くしていないのだから、まだ幸せなんだからね。そう思ってがんばりなさいよ」当時の私には、かなりきつく聞こえた。亡くなった、そのたった一人がかけがえのない人で、幸せなんていう言葉に、あなたの無念まで汚されたような気持ちになった。ありがとうございますと頭を下げながら、被害の大きさは比べられても悲しみや傷の深さは比べられないよと、くちびるを噛んだ。

でも、六年が経とうとしている今なら、その人が伝えようとしていたことは十分すぎるほどわかる。家や物や家族を失って、生きる希望まで失くしそのまま死んでいった人は多い。津波や火災はくぐり抜けたのに寝床もなくて凍死した人、自殺した人、東北は悲惨な絶望と失意の吹きだまりになっていた。いまだ行方不明の人もいるし、どうやって気持ちに折り合いをつけてきたのかと、その家族の思いを想像すると、葬儀までできた我が家が申し訳ないという気持ちにさえなってしまう。

娘はまだ無理みたいだけれど、私はやっと半年くらい前から、がんばろうとか、絆とか、復興とかのスローガンや番組も、少しずつ受け入れられるようになってきた。それまでは、「物は再生できるけど死んだ人間は帰ってこない。だから、そんなの要らない」。そんな気持ちがずっとあった。震災を乗りこえた人々の笑顔から目をそむけたくなる自分は、きっとまともじゃない、駄目な人間だと苦しむこともあった。今でも、被災地に新しくできた道路や建物の話題を聞くと、良かったなあと思う前に、気持ちが冷える瞬間がある。日常の喜びや楽しみの手前にも、必ず、寂しさや悲しみが横たわっていて、たぶんそれはまだしばらく消えない。それでも、そんな気持ちを少しずつやわらかくしてくれるのは、やっぱり時間しかない。すべては人それぞれに違う時間の流れかたと、タイミングのせいだったね。

他人の言葉に左右されて、勝手に傷ついていった自分は、愚かだったと思う。でも、あの状況下では仕方のないこともたくさんあったから、言葉を発する側は時期と状態を気にかけて言葉を選ぶことがやさしさになると思うし、受ける側も良いことはまっすぐ受け取り、嫌だと思うことは心に入れず流してしまうことも身を守る大切なすべになる。私が何度もパパに助けられて生きてきたように、この経験がいつか、同じような誰かを助けることにつながればいいなと強く思うよ。この地で生きているすべての人たちが、どこか何かしら正気を失っていたあの震災。いろんな話も聞いた。あの時は仕方なかった。みんな仕方なかった。ただ、やっぱり、人間の本質は弱い。

過ぎてきたことは、もういいね。ここで、泣き言も半分は吐き出した。あとの半分は、たぶん言ってもどうしようもない半分。大切なのは、ここからどう生きるのか、どう変わるのかだね。私は引き続き、この先も時間とともに変わっていくと思う。人生の岐路の決断もしなくちゃいけない。正解はわからないけれど、変化こそが生きていることなのだと思うようになった。今はまだ苦しいことのほうが多いけれど、変わっていく私と娘をあなたに見守っていてほしい。つらくても、同じ失敗は繰り返さないように努力する。迷ったら、何度でもあなたに問いかけて自分で考えるから、あなたの笑顔を忘れない人生を長く続けたい。みんなに自慢できるあなたの良いところを、私は誰よりも一番よく知っている。そんなすてきな幸せを私に与えてくれて、本当に本当に、本当にありがとう。必ず、また私も笑顔であなたに会いたい。

久美子

あとがき

震災を経験した当事者でさえわからないことがある。本書はそれを言葉につづる試みである。

言葉をつづる試みは今回が初めてではない。私たちは五年前の二〇一二年三月に『3・11慟哭《どうこく》の記録　71人が体感した大津波・原発・巨大地震』（新曜社）を世に送り出した。前回の方法は当事者の手記という形で、災害という事象についてひたすら「経験」としての言葉を書きつづったものである。今回の「亡き人への手紙プロジェクト」は、同じ言葉でもこれほどの違いがあるのかと思わせるほど、異なる世界観を開示したといえるかもしれない。

前回は災害の体験を一人ひとりの身の丈にあった小さな出来事として、一人称で書きつづった記録である。それに対して、今回の手紙は、いずれも愛するものへの「呼びかけ」から始まる。

私たちは二〇一六年、世間を驚かせたタクシードライバーの幽霊現象をはじめとして、『呼び覚まされる霊性の震災学　3・11生と死のはざまで』（新曜社）を通じて、それまで社会科学でタブー視されていた死者の問題を正面に据えた。その中で、死者の霊に呼びかけ／呼びかけられる体験、亡き人の存在を身近に感じる被災地の声を受けとめてきたことが、「亡き人への手紙プロジェクト」につながった。

お手紙を寄せていただいたなかに、震災の現地で語り部をしている人がいる。その語りにはあるストーリーがあって、聴き手の感情に訴えかけ、震災を経験していない参加者はしばし災害について思いを馳せる。その女性が今回の手紙の寄稿を積極的に周りに勧めてくれた一方で、自らはすぐに筆を進めることができなかった。

語ることと書き続けることの間には、決定的な差異があるのかもしれない。つまり話しかける相手が亡き人になると、向き合い方にしばし戸惑うことになる。その女性のお手紙の冒頭は、人は亡くなったら無になるけれど、心は魂はどこへ、という問いかけである。まるでそこにいるかのように、伝えたい想いが優しく語りかけてくるのはなぜだろう。

言葉を受け取る相手は二人称（あなた）であり、第三者である見ず知らずの読者ではない。しかし、私たちがこれらのお手紙を読んで気づかされることは、私事の出来事を書きつづった手紙であるにもかかわらず、まるで二人称である亡き人の立場になってそれらの言葉を受け取ったり、その人自身に感情移入してしまうことである。いつのまにか「寄り添う」ことを超えた、立場の氷解が起こっている。

今回の試みは、31編の手紙の公開に加えて、事象を人だけに限定することはしなかった。それは父母を亡くした先の女性から教えてもらった言葉を、大切にしているからである。「災害とは、その人が生きてきた中で一番ＭＡＸ（最大限）の不幸を経験している」。これは私たちが千年規模の災害において、比較の物差しを通して被害の程度を評価することに対する痛切な声にほかならない。喪われたものに大小はつけがたく、その人にしかわからない。それを周りにも吐露できない閉塞状況が、長らく続いているのではないか。

私たちはもう一度、彼女の言葉に耳を傾けながら災害を「公平」に見つめなおすことが求められる。したがって、本書を編む際に、失って初めてわかった郷里への感謝の想い、ペットの大切さなどそれまで手紙の対象として視野に入らなかったものを等しく加え、あえてトピック別に分けずに入れ子状に置いた。そうすることでオーケストラの演奏のように言葉が反響するように試みた。

世間では復興が日々叫ばれている。けれども、復興が取り戻せる何かだとすれば、二度とこの手に取り戻すことができない何かと向き合ってみると、行政が示すような復興とは何という絵空事なのだろうか。手紙を拝読して思った正直な感想である。そしてこの手紙には私たちが震災後に見過ごしてきた大切なことが、失われたものに切々と語りかけられている。震災から六年が経つ。月日は人を癒したのだろうか？　歳月を重ねると、災害当初に受けた傷は軽減されうると思われている。だからこそ「当事者に寄り添う」第三者の言葉が震災直後に過剰に寄せられる。だが、次の事実は、あっさりそれを裏切ってくれる。

亡き人への手紙の取り組みは各地で行われていて、陸前高田市の「漂流ポスト」もその一環である。私たちがお手紙の寄稿をお願いしたある女性は、容易に手紙を書き進めることはできず、ぎりぎりまで悩みながら書いてくれた。事情を聴くために直接会ってお話をうかがうと、その女性は震災以来毎年ある仏教団体の「亡き人への手紙」行事に参加し、亡くした娘さんに手紙をつづり、ご供養とお焚き上げをしていた。最初の一、二年は言葉を選んで書いていたのだが、年月が経つにしたがって、3・11当日に差し掛かる夜明け前になって、ようやく言葉を絞り出し、短い文章にして送るという。

なぜ年月を経ると書けなくなるのか。当時六歳で娘さんを亡くしているので、たとえば五年目には歳を重ねて一一歳になっている。そうすると、手紙を「漢字」で書くのか「ひらがな」で書くのがよいのか、そこから迷い始める。

震災から六年経って成長した娘さんと、くっきりとした輪郭をもつ二〇一一年時点の娘さんの、二つの時間軸が並行して存在することになる。あの時から止まっている時間と、進んでいるはずの時間のはざまで引き裂かれる当事者がいることを、「書けない」手紙の存在理由として記しておきたい。

本書を進めるにあたって、高橋匡美さんと松本真理子さんには助言と協力をいただきました。また批評家の若松英輔さん、「Kesennuma, Voices.」の堤幸彦監督とオフィスクレッシェンドのスタッフの方々には多大なご協力をいただきました。記して感謝申し上げます。

二〇一七年二月一一日

編　者

付記　以下の助成金をいただくことで、スムーズかつ強力に本書の調査と編集を進めることができました。

平成28年度文部科学省科学研究費補助金若手研究B（代表者：金菱清）「リスクに対処する

ためのレジリエンスと生きられた法の環境社会学的研究」

平成28年度東北学院大学学長研究助成金（震災・原発・地域に関わる研究・活動）（代表者：金菱清）「災害文化の継承と霊性の震災学―東日本大震災における喪失とレジリエンスの学際的研究」

映像作品紹介

Kesennuma, Voices. 6
東日本大震災復興特別企画
～2017　堤幸彦の記録～
TBS オンデマンド
2017 年 3 月 11 日配信開始

数多くの人気映画・ドラマ作品を手がけた堤幸彦監督が，被災地・気仙沼を舞台に描く TBS オンデマンドオリジナル番組の 6 作目『Kesennuma,Voices. 6』。

出演　生島勇輝・生島翔・金菱清・気仙沼の皆さん
プロデューサー　山田昌伸・杉原奈実
ディレクター　高橋洋人
主題歌　「春の永遠」熊谷育美（作詞作曲）
制作　オフィスクレッシェンド
TBS　2017 年

作者紹介

（二〇一七年二月現在）

愛梨お姉ちゃんへ　佐藤 珠莉　*1*

宮城県石巻市に居住。現在九歳。三歳年上で当時六歳だったお姉さんの愛梨さんは、石巻市日和幼稚園の送迎バスに乗車して津波火災に遭い、亡くなった。

最愛の娘 愛梨へ　佐藤 美香　*3*

前編の珠莉さんと愛梨さんの母親。園児の安全を守る責任のあり方をめぐって、日和幼稚園を相手取り訴訟を起こした。

お父さん・篤姫へ　目黒 奈緒美　*10*

岩手県大槌町出身。仙台で被災し、現在は福島県会津若松市に居住。大槌町在住の父親を津波で喪い、愛犬の篤は見つからなかった。父親の話がおもになり、愛犬は二の次になっているのを申し訳ない想いでいた。愛犬への想いを手紙に整理して、大切な家族だと再確認。

よしくんへ　佐藤 志保　15

石巻市北上町十三浜の仮設住宅に居住。当時七歳の息子の嘉宗《よしむね》くんと母親（バッパ）、親戚が津波にのまれ、行方不明。志保さんの父親（ジッチ）は佐藤清吾さん（「妻や孫を呼ぶ声だけが谷間に谺する」を『3・11慟哭の記録』に寄稿）。

天の父なる神様　大澤 史伸　23

名古屋から仙台に引っ越して二日後に地震に遭遇。住民票を移していなかったこともあり、避難所で満杯と拒まれる。東北学院大学で教鞭をとり、大学礼拝で説教を行う。

届かぬ手紙　髙橋 匡美　34

宮城県塩竈市の自宅で地震に遭遇。石巻市南浜町在住の両親を津波で喪う。震災報道や物資の援助、ボランティアが避難所に集中するなかで、「両親をなくした私は被災者ではないのか」という疎外感と孤独感に打ちのめされる（金菱清「共感の反作用」『呼び覚まされる霊性の震災学』に詳述）。スピーチコンテスト参加をへて、震災を語り継ぐ「命のかたりべ」として活動している。

じいじ・ばあばへ　千葉 颯丸　49

前編の匡美さんの息子。津波で祖父母を亡くす。震災当時高校生だったが、二〇一二年四月に東京の大学へ進学し、現在大学院で公共政策学を専攻している。

故郷、愛犬との別れ　福島　希　56
福島県大熊町で被災。自宅は原発事故による帰還困難区域に指定されており、現在は郷里を離れ埼玉県に居住。

パパが帰ってこない　後藤英子　61
石巻市大街道に居住。夫は癌手術後の治療中であったが、震災で病院が壊滅。震災復興の仕事に忙殺され、通院もなかなか叶わぬまま、夫は二〇一四年一月旅立つ。

六十五年間、海との係わり　須田政治　68
石巻市給分浜給分に居住。昭和一四年給分浜生まれ。七人きょうだいの長男。中学卒業後漁師になり、二五歳で妻勝子さんと結婚し、二人の子ども（稔樹さん、光弘さん）と姉のちえこさんの五人で暮らし、漁師を続けている。

故郷を想う　渡部典一　72
震災まで福島県浪江町に居住、畜産農家。避難生活を送る。

もう二〇歳になったよ　小畑綾香　76
仙台市出身、東北学院大学在学中。南三陸町の防災対策庁舎に勤務していた「あんちゃん」（母の兄）が津波に遭い、行方不明。伯父の遺志を継いで使命感を抱いて被災地で活動するも、彼の死から立ち直れていないことに気づく。

夢でしか会えない聖也へ　小原 武久　*83*

仙台市に居住、東北学院榴ケ岡高等学校事務長。名取市閖上の自宅が津波に襲われ、息子の聖也さんを亡くす。息子を探して避難所に足しげく通い、妻が「聖也が呼んでいる！　早く空港ボウル〔遺体安置所〕に行こう！」と言い、一六日ぶりに悲しい対面を果たす。「夢半ばで逝った息子を想う」を『3・11慟哭の記録』に寄稿。

真衣への手紙　鈴木 典行　*89*

石巻市に居住。石巻市立大川小学校で卒業間近だった娘の真衣さんを津波で亡くす。大川伝承の会を立ち上げ、震災を語り伝える活動を積極的に行っている。

愛しのくう太・ぶり太・ルルへ　大野友花里・三浦 愛弓・大野 泰代　*97*

石巻市出身の二八歳次女の友花里さん、三一歳長女の愛弓さん姉妹、母親の泰代さんが震災で行方不明の愛犬・猫へつづった。友花里さんは看護師、愛弓さんは主婦、姉妹とも東京に居住。震災前、姉妹がそれぞれ飼っていた愛犬「くう太」「ぶり太」を実家の泰代さんに託し、その後泰代さんは猫のルルも引き取った。石巻市八幡町の自宅が津波で流され、犬猫たちと別れた後、泰代さんは二年間登米市迫町のみなし仮設住宅で過ごし、現在は仙台に居住。

大好きなお父さんへ　磐田紀江　*104*

福島県浪江町出身。東北学院大学在学中。消防団員だった父を亡くし、原発事故によって避難した福島市で中学校、高校時代を過ごす。行方不明である父の帰り、浪江への帰郷を願っている。

津波で失われた「ものたち」へ　阿部雄一　*109*

宮城県南三陸町志津川の和洋菓子店・有限会社雄新堂代表取締役。明治四二年創業。店を再開し、食から町の復興を支えるも、津波で菓子作りのレシピーを失った喪失感は大きい。

我が愛するふる里南津島へ　三瓶専次郎　*115*

浪江町大字南津島出身。家畜人工授精師・南津島郷土芸能保存会会長。震災から五年を節目に福島市内での避難生活を決意。震災後も郷土芸能保存会会長として、南津島の郷土芸能を後世に伝えるべく活動を行っている。

ごめんね。ありがとう。　齋藤美希　*121*

宮城県七ヶ浜町出身。津波から生還するが、愛犬クッキーを亡くす。秋田大学在学中、特別支援学校の教員を目指している。震災の経験をこれからの防災教育に活かしたいと考えている。

おじいちゃんが命をかけて守ってくれたもの　赤間由佳　*128*

七ヶ浜町出身。津波で祖父を亡くす。東北学院大学在学中、金菱ゼミ所属。これまでにない社会学の目線から震災を学んでいる。

大好きな父へ　赤間ひろみ　*138*

前編の由佳さんの母親。七ヶ浜町で自営業をしていた最愛の父を亡くす。手紙を書くことを通じて気持ちがスッキリしたと語る。父譲りの優しく温厚な性格。

お母さんの自慢の息子 寛へ　村上智子　*144*

岩手県陸前高田市広田町に居住。市役所勤務。町の消防団員だった長男の寛さんを津波で亡くす。

ずっと三人兄弟　村上寛剛　*147*

前編の智子さんの三男。十歳年上の長兄を亡くす。東北学院大学在学中、金菱ゼミ所属。

故郷・歌津へ　千葉拓　*151*

南三陸町歌津の漁師四代目。一九八五年生まれ（三一歳）、津波で家と作業場を流されたが、その後も歌津に留まり、両親と妻の四人で牡蠣養殖を復活させた。

いっくへ　佐藤 梨恵　

石巻市北上町出身。津波で十歳年下の妹さん「いっく」を亡くす。石巻市内で保育士をしながら、地元北上町十三浜の伝統文化である南部神楽の復活やまちづくりの活動をしている。二人娘の母。

わたしのふるさと石巻へ　海野 貴子　

石巻市出身。二〇歳、関西で大学生活を送る。

お母さんへ　佐藤 信行　

宮城県気仙沼市階上杉ノ下地区に居住、いちご農家。杉ノ下遺族会会長。妻才子さん（お母さん）と母親は二人とも指定避難所に避難したが津波にのまれ、母親は亡くなり、才子さんは行方不明。信行さんは集落の記録誌「永遠に〜杉ノ下の記憶〜」を遺族会のもとで編む。『Kesennuma, Voices.6』（堤幸彦監督、二〇一七年）の近況報告撮影に参加。

6年目のあなたへ　菅原 文子　

気仙沼市に居住。津波で夫と義父母を亡くす。市内二ヵ所の仮設店舗で家業の酒店の営業を続ける。夫のご遺体は震災の一年三ヵ月後に見つかったが、同じ場所で五年九ヵ月ぶりに「すがとよ酒店」を新たにオープンさせた。毎月夫へ手紙を書きつづり、著書『あなたへの恋文』（ＰＨＰ研究所）を出版。『Kesennuma, Voices.6』の近況報告撮影に参加。

天国の貴方へ　小山まつ子　*173*

宮城県気仙沼市に居住。津波で夫を亡くす。二〇一六年末に新居が完成し、新しい生活をスタートさせた。『Kesennuma, Voices.2』以後、毎年、旧新城小学校仮設住宅で近況報告撮影に参加。

荒浜現地再建への思い　貴田喜一　*175*

仙台市若林区荒浜出身。仙台市は震災の津波被害を受けた荒浜沿岸部を「災害危険区域」に指定して住宅の新築、増改築を禁止した。これに抗して現地再生を願う住民グループ「荒浜再生を願う会」を立ち上げ、活動を続けている。荒浜ロッジはさまざまな活動の拠点として重要な意味を持つ。

おはよう、パパ　鈴木久美子　*185*

仙台市に居住。津波で夫を亡くし、同居生活の葛藤を背景に、その後の生き方を今も模索している。三年前に娘が震災ＰＴＳＤの筆記療法に取り組む姿を見て、それをきっかけに、今回の手紙を書く決心をした。

編者紹介

金菱　清（かねびし・きよし）

1975 年　大阪府生まれ
関西学院大学大学院社会学研究科博士後期課程単位取得退学　社会学博士
現在　東北学院大学教養学部地域構想学科教授
専攻　環境社会学・災害社会学
主著
『生きられた法の社会学──伊丹空港「不法占拠」はなぜ補償されたのか』新曜社 2008年（第 8 回日本社会学会奨励賞著書の部）
『3・11 慟哭の記録──71 人が体感した大津波・原発・巨大地震』（編著）新曜社 2012年（第 9 回出版梓会新聞社学芸文化賞）
『千年災禍の海辺学──なぜそれでも人は海で暮らすのか』（編著）生活書院 2013年
『新体感する社会学──Oh ! My Sociology』新曜社 2014年
『震災メメントモリ──第二の津波に抗して』新曜社 2014年
『反福祉論──新時代のセーフティーネットを求めて』（共著）ちくま新書 2014年
『呼び覚まされる 霊性の震災学──3・11 生と死のはざまで』（編著）新曜社 2016年
『震災学入門──死生観からの社会構想』ちくま新書 2016年

新曜社
悲愛
あの日のあなたへ手紙をつづる

初版第 1 刷発行　2017 年 3 月 11 日
初版第 2 刷発行　2017 年 3 月 31 日

編　者　金菱　清
東北学院大学 震災の記録プロジェクト
発行者　塩浦　暲
発行所　株式会社　新曜社
101-0051　東京都千代田区神田神保町 3-9
電話 03(3264)4973(代)・FAX 03(3239)2958
E-mail : info@shin-yo-sha.co.jp
URL : http://www.shin-yo-sha.co.jp/

印　刷　長野印刷商工(株)
製　本　イマヰ製本

ISBN978-4-7885-1515-4　C1036